OSHARE

◆ 手繪日語時尚單字 ◆

DT企劃／著

曾捷筠 等／繪

◦ 笛藤出版 ◦

五十音図表
ご じゅう おん ず ひょう

平仮名と片仮名
ひら が な　かた か な

*照あいうえお排列
*分平仮名和片仮名，片仮名常用於外來語

本書會經常
出現片仮名哦！

（一）清音
せいおん

行＼段	あ段		い段		う段		え段		お段	
あ行	あア	a	いイ	i	うウ	u	えエ	e	おオ	o
か行	かカ	ka	きキ	ki	くク	ku	けケ	ke	こコ	ko
さ行	さサ	sa	しシ	shi	すス	su	せセ	se	そソ	so
た行	たタ	ta	ちチ	chi	つツ	tsu	てテ	te	とト	to
な行	なナ	na	にニ	ni	ぬヌ	nu	ねネ	ne	のノ	no
は行	はハ	ha	ひヒ	hi	ふフ	fu	へヘ	he	ほホ	ho
ま行	まマ	ma	みミ	mi	むム	mu	めメ	me	もモ	mo
や行	やヤ	ya			ゆユ	yu			よヨ	yo
ら行	らラ	ra	りリ	ri	るル	ru	れレ	re	ろロ	ro
わ行	わワ	wa							をヲ	wo
ん行	んン	n								

（二）濁音

段 行	あ段		い段		う段		え段		お段	
が行	が ガ	ga	ぎ ギ	gi	ぐ グ	gu	げ ゲ	ge	ご ゴ	go
ざ行	ざ ザ	za	じ ジ	ji	ず ズ	zu	ぜ ゼ	ze	ぞ ゾ	zo
だ行	だ ダ	da	ぢ ヂ	ji	づ ヅ	zu	で デ	de	ど ド	do
ば行	ば バ	ba	び ビ	bi	ぶ ブ	bu	べ ベ	be	ぼ ボ	bo

（三）半濁音

段 行	あ段		い段		う段		え段		お段	
ぱ行	ぱ パ	pa	ぴ ピ	pi	ぷ プ	pu	ぺ ペ	pe	ぽ ポ	po

（四）拗音－清音、濁音、半濁音的「い」段音和小寫偏右下
　　　　的「や」「ゆ」「よ」合成一個音節，叫「拗音」。

か行	きゃ キャ	kya	きゅ キュ	kyu	きょ キョ	kyo
が行	ぎゃ ギャ	gya	ぎゅ ギュ	gyu	ぎょ ギョ	gyo
さ行	しゃ シャ	sha	しゅ シュ	shu	しょ ショ	sho
ざ行	じゃ ジャ	ja	じゅ ジュ	ju	じょ ジョ	jo
た行	ちゃ チャ	cha	ちゅ チュ	chu	ちょ チョ	cho
だ行	ぢゃ ヂャ	ja	ぢゅ ヂュ	ju	ぢょ ヂョ	jo
な行	にゃ ニャ	nya	にゅ ニュ	nyu	にょ ニョ	nyo
は行	ひゃ ヒャ	hya	ひゅ ヒュ	hyu	ひょ ヒョ	hyo
ば行	びゃ ビャ	bya	びゅ ビュ	byu	びょ ビョ	byo
ぱ行	ぴゃ ピャ	pya	ぴゅ ピュ	pyu	ぴょ ピョ	pyo
ま行	みゃ ミャ	mya	みゅ ミュ	myu	みょ ミョ	myo
ら行	りゃ リャ	rya	りゅ リュ	ryu	りょ リョ	ryo

（五）促音－在發音時，此字不發音停頓一拍、用羅馬字雙子音表示。

小つ（ツ）	きっぷ	票	ki.p.pu
	きって	郵票	ki.t.te
	いっさい	一切	i.s.sa.i
	がっこう	學校	ga.k.ko.u
	マッチ	火柴	ma.c.chi
	よっつ	四個	yo t tsu
	ざっし	雜誌	za.s.shi

（六）長音－兩個母音重疊時拉長音即可。

ああ（アー）	おかあさん	母親	o.ka.a.sa.n
いい（イー）	たのしい	快樂	ta.no.shi.i
うう（ウー）	ゆうびん	郵件	yu.u.bi.n
ええ えい（エー）	がくせい	學生	ga.ku.se.i
おお おう（オー）	おとうと	弟弟	o.to.u.to

平仮名的字源

平仮名的寫法是以中文漢字的字形為基礎演變而來

あ 安	い 以	う 宇	え 衣	お 於
か 加	き 機	く 久	け 計	こ 己
さ 左	し 之	す 寸	せ 世	そ 曽
た 太	ち 知	つ 川	て 天	と 止
な 奈	に 仁	ぬ 奴	ね 祢	の 乃
は 波	ひ 比	ふ 不	へ 部	ほ 保
ま 末	み 美	む 武	め 女	も 毛
や 也		ゆ 由		よ 与
ら 良	り 利	る 留	れ 礼	ろ 呂
わ 和	を 遠	ん 无		

片仮名的字源

和平仮名一樣取自中國文字

ア 阿	イ 伊	ウ 宇	エ 江	オ 於
カ 加	キ 機	ク 久	ケ 介	コ 己
サ 散	シ 之	ス 須	セ 世	ソ 曾
タ 多	チ 千	ツ 川	テ 天	ト 止
ナ 奈	ニ 仁	ヌ 奴	ネ 祢	ノ 乃
ハ 八	ヒ 比	フ 不	ヘ 部	ホ 保
マ 末	ミ 三	ム 牟	メ 女	モ 毛
ヤ 也		ユ 由		ヨ 與
ラ 長	リ 利	ル 流	レ 礼	ロ 呂
ワ 和	ヲ 乎	ン 尓		

目錄
Contents

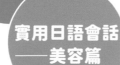

各式風格介紹

p.102

夏日浴衣
特輯

p.108

流行相關
常用語

p.110

常見日本標語

p.112

Chapter 0

基本用語

顔色

花様

材質

衣服種類

▶ THE COLORS

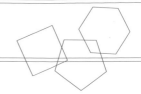

灰白色（米色）
オフホワイト
o.fu.ho.wa.i.to
(off white)

灰色
グレー
gu.re.e
(gray)

炭灰色
チャコールグレー
cha.ko.o.ru.gu.re.e
(charcoal gray)

黄色
イエロー
i.e.ro.o
(yellow)

芥末黄
マスタードイエロー
ma.su.ta.a.do.i.e.ro.o
(mustard yellow)

檸檬黄
シトリンイエロー
shi.to.ri.ni.e.ro.o
(citrine yellow)

橘色
オレンジ
o.re.n.ji
(orange)

琥珀橘
琥珀オレンジ
ko.ha.ku.o.re.n.ji

金橘色
ゴールドオレンジ
go.o.ru.do.o.re.n.ji
(gold orange)

紅色
レッド（赤）
re.d.do
(red)

大紅
真っ赤
ma.k.ka

玫瑰粉紅
ローズピンク
ro.o.zu.pi.n.ku
(rose pink)

珊瑚粉紅
コーラルピンク
co.o.ra.ru.pi.n.ku
(coral pink)

亮緑色
ライトグリーン
ra.i.to.gu.ri.i.n
(light green)

冰緑色
アイスグリーン
a.i.su.gu.ri.i.n
(ice green)

學院綠
カレッジグリーン
ka.re.j.ji.gu.ri.i.n
(college green)

薄荷色
ミント色^{いろ}
mi.n.to.i.ro
(mint)

苔綠色
モスグリーン
mo.su.gu.ri.i.n
(moss green)

青綠色
ターコイズグリーン
ta.a.ko.i.zu.gu.ri.i.n
(turquoise green)

橄欖綠
ペリドットグリーン
pe.ri.do.t.to.gu.ri.i.n
(peridot green)

藍色
ブルー
bu.ru.u
(blue)

深藍色
紺^{こん}
ko.n

海軍藍
ネイビー
ne.i.bi.i
(navy)

淡藍
ライトブルー
ra.i.to.bu.ru.u
(light blue)

寶藍色
サファイア色^{いろ}
sa.fa.i.a.i.ro
(sapphire)

葡萄紫
グレープ色^{いろ}
gu.re.e.pu.i.ro
(grape)

紫色
パープル（**紫**^{むらさき}）
pa.a.pu.ru
(purple)

櫻桃紫
チェリーパープル
che.ri.i.pa.a.pu.ru
(cherry purple)

淺褐色
ベージュ
be.e.ju
(beige)（法）

深棕色
こげ茶色^{ちゃいろ}
ko.ge.cha.i.ro

咖啡色
ブラウン
bu.ra.u.n
(brown)

深咖啡色
ダークブラウン
da.a.ku.bu.ra.u.n
(dark brown)

黑色
ブラック（**黑**^{くろ}）
bu.ra.k.ku
(balck)

▶ 色彩心理學小測驗

吸引你目光的顏色，就是你現在的心情。

咖啡色 安定、現實
你可以成為幫助別人的角色喔。

水藍色 誠實、溫柔
現在的你可以去體貼並關心照料別人。

黑 色 神秘、時尚
意志堅定的心，有很高的目標並且不想輸給壓力。

橘 色 健康、活潑
從你身上可以感覺到像在家一樣的溫暖。

藍 色 知性、好感度 UP
溝通能力垂直成長中！

灰 色 平和、平穩
可以做人與人之間聯繫或溝通的媒介。

粉紅色 愛情、幸福
你希望大家都可以幸福。

綠 色 成長、安心
內心很充實，並且充滿希望。

白 色 乾淨、純粹
身體狀況很好，工作也進行得很順利。

紅 色 行動力、熱情
發揮你的領導能力吧！

黃 色 有活力、自由
充滿活力想接受新的挑戰。

紫 色 高貴、藝術的
集中力高、並且有很強的直覺。

瞭解每個顏色所代表的意思，並好好利用色彩心理學是很棒的！
例如當你穿上紅色，可以展現你的企圖心，在工作場合上再適合不過了！
約會的時候穿上充滿愛的粉紅色、派對的時候穿上社交性強的橘色、去美術館的時候穿上感性強的紫色等等。這樣善用每一種顏色，可以更快樂地度過每一天喔！

▶個人色彩 (personal color)
你適合什麼顏色的衣服？

●冷調肌暖調肌判斷方法

冷調肌（藍底）：靜脈的藍色影響比較明顯的肌膚→適合冷色調的顏色
暖調肌（黃底）：靜脈的藍色影響不大的肌膚→適合暖色調的顏色

頭髮的顏色是？	偏黑	偏咖啡
瞳孔顏色是？	偏黑	偏咖啡
常擦什麼顏色的口紅？ 本來的唇色是？	有點藍紫色的粉紅	有點橘色的粉紅
底妝呢？	粉紅色系	淺咖啡色
咖啡色跟灰色	比較適合灰色	比較適合咖啡色
素顏的時候穿全白衣服	沒什麼改變	看起來會很疲倦
素顏的時候穿全黑衣服	沒什麼改變	臉色會很差
首飾	喜歡白金或銀飾	喜歡黃金色
20 歲左右的時候	常被誤認為是 23~25 歲	常被誤認為是高中生
哪一種	常被說好漂亮、好帥氣	常被說好可愛、好有精神

這邊多代表是冷調肌 ▲　　　　這邊多代表是暖調肌 ▲

穿衣原則

冷調肌的造型重點

粉紅的肌膚
黑色瞳孔
讓人感覺到藍色
戴白金或銀色的首飾
黑色、亞麻色的深色頭髮
粉紅色腮紅
黑色、藍色、海軍藍、全白的衣服
適合的風格：
酷‧優雅‧知性‧透明感‧
都會感‧有質感的

暖調肌的造型重點

土黃色
茶色的眼睛
讓人感覺到黃色
戴金色首飾
咖啡色系頭髮
橘色腮紅
咖啡色、焦糖色、米黃色的衣服
適合的風格：
開朗‧健康‧有活力‧
活潑‧可愛‧性感‧年輕

實用日語會話
顏色篇

A：このパンツ、別の色^{べついろ}のはありませんか？
ko.no.pa.n.tsu、be.tsu.no.i.ro.no.wa.a.ri.ma.se.n.ka
這件褲子有沒有其它顏色？

B：すみません、先ほど売り切れました^{さきうき}。
su.mi.ma.se.n、sa.ki.ho.do.u.ri.ki.re.ma.shi.ta
不好意思，剛剛都已經賣完了。

A：このネイビー色^{いろ}のＴシャツ、すごくかわいいですね。
ko.no.ne.i.bi.i.i.ro.no.T.sha.tsu、su.go.ku.ka.wa.i.i.de.su.ne
這件海軍藍Ｔ恤好可愛喔！

B：これ、この夏^{なつ}の新作^{しんさく}なんですよ。ペアルックでいかがですか？
ko.re、ko.no.na.tsu.no.shi.n.sa.ku.na.n.de.su.yo。
pe.a.ru.k.ku.de.i.ka.ga.de.su.ka
這可是今夏新品喔！要不要買套情侶裝呢？

A：このようなルビーレッドのスカートはありますか？
ko.no.yo.u.na.ru.bi.i.re.d.do.no.su.ka.a.to.wa.a.ri.ma.su.ka
請問有這款寶石紅的裙子嗎？

（雑誌^{ざっし}の切り抜き^{きぬ}などをみせて）（拿著雜誌的剪貼給店員看）
za.s.shi.no.ki.ri.nu.ki.na.do.wo.mi.se.te

B：はい、ございますよ。こちらです。
ha.i、go.za.i.ma.su.yo。ko.chi.ra.de.su
有的。在這裡。

A：このスカート、ほかの色<ruby>色<rt>いろ</rt></ruby>はありませんか？
　　ko.no.su.ka.a.to、ho.ka.no.i.ro.wa.a.ri.ma.se.n.ka
　　這件裙子有其它顏色嗎？

B：<ruby>黒<rt>くろ</rt></ruby>、<ruby>青<rt>あお</rt></ruby>、<ruby>茶色<rt>ちゃいろ</rt></ruby>の<ruby>三色<rt>さんしょく</rt></ruby>がありますよ。
　　ku.ro、a.o、cha.i.ro.no.sa.n.sho.ku.ga.a.ri.ma.su.yo
　　有黑、藍、咖啡三種顏色喔。

A：じゃ、<ruby>青<rt>あお</rt></ruby>を見せてもらえますか？
　　ja、a.o.wo.mi.se.te.mo.ra.e.ma.su.ka
　　那可以請你拿藍色的給我看一下嗎？

B：<ruby>少々<rt>しょうしょう</rt></ruby>お<ruby>待<rt>ま</rt></ruby>ちください。
　　sho.u.sho.u.o.ma.chi.ku.da.sa.i
　　請稍等一下。

A：これ、パープルしかないですか？
　　ko.re、pa.a.pu.ru.shi.ka.na.i.de.su.ka
　　這件只有紫色嗎？

B：そうなんですよ。
　　so.u.na.n.de.su.yo
　　是的沒錯。

A：パープルはちょっと<ruby>苦手<rt>にがて</rt></ruby>ですが。
　　pa.a.pu.ru.wa.cho.t.to.ni.ga.te.de.su.ga
　　可是我不太喜歡紫色耶。

B：じゃ、こちらはどうですか？いろんな<ruby>色<rt>いろ</rt></ruby>がそろってますよ。
　　ja、ko.chi.ra.wa.do.u.de.su.ka？i.ro.n.na.i.ro.ga.so.ro.t.te.ma.su.yo
　　那這件如何呢？顏色很齊全喔！

花様

パターン
pattern

可愛くてオシャレな
スタイルはどう？

可愛又時尚的風格如何呢？

格紋、點點、小碎花……一起來學學服飾中各種花樣的說法！不管是逛網拍時上網搜尋、還是逛街的時候問店員，都可以派上用場喔！

タータンチェック
ta.a.ta.n.che.k.ku

蘇格蘭格紋
tartan check

レトロ柄
re.to.ro.ga.ra

日式復古花樣
retro

ギンガムチェック
gi.n.ga.mu.che.k.ku

小方格紋
gingham check

常用於西裝、襯衫等等

ウィンドーペーン
wi.n.do.o.pe.e.n

細線大格紋
windowpane

像稿紙一樣

グラフチェック
gu.ra.fu.che.k.ku

小格子紋
graph check

多用於男性西裝上

チョークストライプ
cho.o.ku.su.to.ra.i.pu

細白直條紋
chalk stripe

水玉
mi.zu.ta.ma

點點（圓點）

ドット
do.t.to

dot

單一顏色沒有花紋

無地
mu.ji

素色

ボーダー
bo.o.da.a

橫條紋
border

馴鹿、楓葉、聖誕紅、雪花

ノルディック
no.ru.di.k.ku

北歐風
nordic

迷彩
めいさい
me.i.sa.i
迷彩

アーガイルチェック
a.a.ga.i.ru.che.k.ku
格菱紋
argyle check

ダイヤ柄
がら
da.i.ya.ga.ra
菱格
diamond

ストライプ
su.to.ra.i.pu
直條紋
stripe

幾何学柄
き か がくがら
ki.ka.ga.ku.ga.ra
幾何花紋

小花柄
こ ばながら
ko.ba.na.ga.ra
小碎花

ゼブラ柄
がら
ze.bu.ra.ga.ra
斑馬紋
zebra

ピンチェック
pi.n.che.k.ku
小格
pin check

和柄
わ がら
wa.ga.ra
和風圖案

ブロックチェック
bu.ro.k.ku.che.k.ku
方塊格紋
block check

總梅

アニマル柄
がら
a.ni.ma.ru.ga.ra
動物紋
animal

ランダムボーダー
ra.n.da.mu.bo.o.da.a
マルチボーダー
ma.ru.chi.bo.o.da.a
不規則横條紋
random border、 multi border

千鳥格子
ち どりごう し
chi.do.ri.go.u.shi
ドッグトゥースチェック
do.g.gu.tu.u.su.che.k.ku
千鳥格
dog tooth check

バーバリーチェック
ba.a.ba.ri.i.che.k.ku
BURBERRY 紋
burberry check

豹柄
ひょうがら
hyo.u.ga.ra
レオパード
re.o.pa.a.do
豹紋
leopard

屬於北歐風的一種

フェアアイル柄
がら
fe.a.a.i.ru.ga.ra
費爾島花紋
fair isle

符琥、文字,
組為一個單位不斷重複

モノグラム
mo.no.gu.ra.mu
重複壓花紋
monogram

材質
きじ
生地

自分に似合う着心地の良い服を選ぶのが大切！

選擇適合自己穿起來又舒服的衣服很重要！

皮革、丹寧、羽絨、針織……不同材質做成的服飾可以帶給人不同的感覺，時尚感、舒適度也各不相同，依照自己的需求挑選適合的材質吧。

デニム
de.ni.mu

丹寧、牛仔
denim

ニット
ni.t.to

針織
knit

ほんかわ
本革
ho.n.ka.wa

真皮

シフォン
shi.fo.n

雪紡
chiffon

ナイロン
na.i.ro.n

尼龍
nylon

レザー
re.za.a

皮革
leather

キルティング
ki.ru.ti.n.gu

鋪棉
quilting

インディゴ
i.n.di.go

藍色染布
indigo

ムートン
mu.u.to.n

羊皮
mouton

カーキ
ka.a.ki

卡其
khaki

エナメル
e.na.me.ru

亮皮
enamel

フリース
fu.ri.i.su

絨毛
fleece

ダウン
da.u.n

羽絨
down

泛指軍綠色的元素

ファー
fa.a

毛皮、毛絨
fur

コーデュロイ
ko.o.du.ro.i

燈心絨
corduroy

ヘンプ
he.n.pu

麻質
hemp

ミリタリー
mi.ri.ta.ri.i

軍裝
military

ケーブル
ke.e.bu.ru

麻花織、粗針織
cable

通常都是有染色過的

ウール
u.u.ru

羊毛
wool

レース為裝飾用的蕾絲

レーシー
re.e.shi.i

蕾絲
lacy

▶ 衣服種類細分

領子、袖子、流蘇、兩件式、高腰⋯⋯等等，這些單字都是選購衣服時必備的。結合這些基本的形容，準確表達出想要的衣服款式，讓購物更加輕鬆。

袖子 _{そで}袖

パフスリーブ / 袖（そで）
pa.fu.su.ri.i.bu/so.de
澎澎袖
puff sleeve

ドルマン
do.ru.ma.n
ドルマンスリーブ
do.ru.ma.n.su.ri.i.bu
飛鼠袖
dolman sleeve

肩（かた）あき袖（そで）
ka.ta.a.ki.so.de
オープンショルダー
o.o.pu.n.sho.ru.da.a
挖肩袖
open shoulder

短（みじか）袖（そで）
mi.ji.ka.so.de
短袖

長（なが）袖（そで）
na.ga.so.de
長袖

ノースリーブ
no.o.su.ri.i.bu
無袖
no sleeve

領子 (えり襟)

色んな形があるよ！

領子雖然只佔衣服的一小部分，但不同的領子可以營造完全不同的穿衣風格，甚至可以為整體造型畫龍點睛。善用領子的搭配來讓你的時尚更加分吧！

クルーネック
ku.ru.u.ne.k.ku
圓領
crew neck

タートルネック
ta.a.to.ru.ne.k.ku
高領
turtleneck

レイズドネック
re.i.zu.do.ne.k.ku
立領
raised neck

フリル襟付き (えり襟・つ付)
fu.ri.ru.e.ri.tsu.ki
荷葉領、滾邊領
frill

スクエアネック
su.ku.e.a.ne.k.ku
方領
square neck

ボートネック
bo.o.to.ne.k.ku
平領
boat neck

V ネック
V.ne.k.ku
V 領
V neck

セーラー
se.e.ra.a
水手領
sailor

オフショルダー
o.fu.sho.ru.da.a
露肩平領
off shoulder

裙子長度 スカートの長さ

スカート丈は流行によってかなり上下しますので、色々な言い方があるよ！

長裙短裙總是不斷輪流引領著流行，不同長短的裙子加上不同的搭配方式，甜美可愛率性。

ミニ
mi.ni

短裙
mini

ひざ丈
hi.za.ta.ke

及膝

大約在小腿中間

ミモレ丈
mi.mo.re.ta.ke

過膝
mi-mollet(法)

到腳踝

ロング / マキシ
ro.n.gu/ma.ki.shi

長裙
long/maxi

装飾 飾り（かざ）　色々な飾りでもっとオシャレ！

リボン付き（っ）
ri.bo.n.tsu.ki
有蝴蝶結的
ribbon

肩リボン（かた）
ka.ta.ri.bo.n
肩膀有蝴蝶結的

バックリボン
ba.k.ku.ri.bo.n
後面有蝴蝶結的
back ribbon

ラメ入り（い）
ra.me.i.ri
有金蔥的
lamé(法)

ビジュー付き（っ）
bi.ju.u.tsu.ki
有寶石的
bijou

胸リボン（むね）
mu.ne.ri.bo.n
胸口有蝴蝶結的

サス付き（っ）
sa.su.tsu.ki
有吊帶的

スタッズ付き（っ）
su.ta.z.zu.tsu.ki
有鉚釘的
studs

ポケット付き（っ）
po.ke.t.to.tsu.ki
有口袋的
pocket

フリンジ付き（っ）
fu.ri.n.ji.tsu.ki
有流蘇的
fringe

ファー付き（っ）
fa.a.tsu.ki
有毛毛的
fur

バックジップ
ba.k.ku.ji.p.pu
背後拉鍊式
back zip

襟付き（えり）（っ）
e.ri.tsu.ki
有領子的

レイヤード
re.i.ya.a.do
兩件式、雙層
layered

ネオンカラー
ne.o.n.ka.ra.a
螢光色的
neon color

サーキュラー
sa.a.kyu.ra.a
圓擺
circular

フリル
fu.ri.ru
荷葉
frill

ハイウエスト
ha.i.u.e.su.to
高腰
high waist

<small>みじかたけ</small>
短 丈
mi.ji.ka.ta.ke
ショート
sho.o.to
短版
short

プリーツ
pu.ri.i.tsu
百褶
pleats

チュール
chu.u.ru
紗的
tulle

Chapter 1

メンズファッション

男生穿搭

上衣 <ruby>上着<rt>うわ ぎ</rt></ruby>

相較於女生，男生的服裝樣式簡單許多，選擇也比較少，通常是上衣搭配褲子就解決。但即使如此也有許多不同的單品可以選擇，一起來學學各種衣服的說法吧。

無地 V ネック T シャツ
mu.ji.V.ne.k.ku.T.sha.tsu

素色 V 領 T 恤
V neck T shirt

切替え T シャツ
ki.ri.ka.e.T.sha.tsu

拼接 T 恤

ポケット T シャツ
po.ke.t.to.T.sha.tsu

胸口有小口袋的 T 恤
pocket T shirt

レイズドネックパーカー
re.i.zu.do.ne.k.ku.pa.a.ka.a

立領連帽
raised neck parka

パーカー
pa.a.ka.a

連帽外套 / 連帽 T
parka

デニムシャツ
de.ni.mu.sha.tsu

牛仔襯衫
denim shirt

<ruby>裏起毛<rt>うら き もう</rt></ruby>
u.ra.ki.mo.u

內刷毛

ボーダー T シャツ
bo.o.da.a.T.sha.tsu

横條紋 T 恤
border T shirt

インディゴチェックシャツ
i.n.di.go.che.k.ku.sha.tsu

藍色格子襯衫
indigo check shirt

オックスシャツ
o.k.ku.su.sha.tsu

牛津襯衫
oxford shirt

起毛チェックシャツ
ki.mo.u.che.k.ku.sha.tsu

刷毛格子襯衫

ミリタリーシャツ
mi.ri.ta.ri.i.sha.tsu

軍裝襯衫
military shirt

タンクトップ
ta.n.ku.to.p.pu

背心
tank top

○シャツを着る
sha.tsu.wo.ki.ru

穿襯衫

外套 コート

外套對穿搭來說是很重要的一環，衣櫃裡總是要有好幾款不同的外套。尤其在秋冬的時候，外套的搭配不僅是為了防寒，更可以讓時尚度大大提升喔！

モッズコート
mo.z.zu.ko.o.to

ミリタリーコート
mi.ri.ta.ri.i.ko.o.to

ミリタリーモッズコート
mi.ri.ta.ri.i.mo.z.zu.ko.o.to

軍外
mods coat、military coat、
military mods coat

テーラードジャケット
te.e.ra.a.do.ja.ke.t.to

西裝剪裁的外套
tailored jacket

リバーシブルジャケット
ri.ba.a.shi.bu.ru.ja.ke.t.to

雙面夾克
reversible jacket

スタジャン
su.ta.ja.n

スタジアムジャンバー的簡稱

棒球外套
stadium jumper

ジップアップブルゾン
ji.p.pu.a.p.pu.bu.ru.zo.n

拉鍊式夾克
zip up blouson

コットンジャケット
ko.t.to.n.ja.ke.t.to
棉質外套
cotton jacket

レザーブルゾン
re.za.a.bu.ru.zo.n
皮夾克
leather blouson

キルティングコート
ki.ru.ti.n.gu.ko.o.to
鋪棉外套
quilted coat

ナイロンブルゾン
na.i.ro.n.bu.ru.zo.n
尼龍夾克
nylon blouson

ピーコート
pi.i.ko.o.to
雙排釦外套
pea coat

ダッフルコート
da.f.fu.ru.ko.o.to
牛角釦外套
duffle coat

トレンチコート
to.re.n.chi.ko.o.to
風衣外套
trench coat

○コートを着^きる
ko.o.to.wo.ki.ru
穿外套

○コートを脱^ぬぐ
ko.o.to.wo.nu.gu
脫外套

ウールコート
u.u.ru.ko.o.to
羊毛外套
wool coat

ファーコート
fa.a.ko.o.to

毛皮外套
fur coat

ライダーズジャケット
ra.i.da.a.zu.ja.ke.t.to

騎士夾克（皮衣居多）
riders jacket

ムートンコート
mu.u.to.n.ko.o.to

羊皮外套
mouton coat

トランクス
to.ra.n.ku.su

男生內褲
trunks

ダウンコート
da.u.n.ko.o.to

羽絨外套
down coat

男生正式服裝

隨著年齡漸長，不管是大學的課堂發表、謝師宴，或是出社會之後的面試、婚禮等等都會需要穿到正式服裝，因此對男生而言挑選一套體面的西裝非常地重要。來學學這些和正裝相關的單字用日文該怎麼說吧！

スーツ
su.u.tsu
西裝
suit

ネクタイ
ne.ku.ta.i
領帶
necktie

ベルト
be.ru.to
皮帶
belt

スラックス
su.ra.k.ku.su
西裝褲
slacks

蝶ネクタイ
cho.u.ne.ku.ta.i
ボウタイ
bo.u.ta.i
領結
bow tie

タイクリップ
ta.i.ku.ri.p.pu
タイバー
ta.i.ba.a
領帶夾
tie clip、tie bar

カフリンクス
ka.fu.ri.n.ku.su
カフス
ka.fu.su
袖釦
cufflinks

ラペルピン
ra.pe.ru.pi.n

西裝領釦

lapel pin

ビジネスバッグ
bi.ji.ne.su.ba.g.gu

公事包

business bag

ショルダーベルト付き
sho.ru.da.a.be.ru.to.tsu.ki

附肩背帶

shoulder belt

ポケットチーフ
po.ke.t.to.chi.i.fu

袋巾

pocket chief

ハンカチ
ha.n.ka.chi

手帕

handkerchief

○スラックスを履く
su.ra.k.ku.su.wo.ha.ku

穿西裝褲

○靴下を履く
ku.tsu.shi.ta.wo.ha.ku

穿襪子

○タイクリップをつける
ta.i.ku.ri.p.pu.wo.tsu.ke.ru

夾領帶夾

Chapter 2
レディースファッション
女生穿搭

裙 スカート

プリーツスカート
pu.ri.i.tsu.su.ka.a.to

百褶裙
pleats skirt

フリルスカート
fu.ri.ru.su.ka.a.to

荷葉裙
frill skirt

ティアード
ti.a.a.do

蛋糕裙
tiered

タイトスカート
ta.i.to.su.ka.a.to

窄裙
tight skirt

台形スカート
<ruby>だいけい<rt></rt></ruby>
da.i.ke.i.su.ka.a.to

A 字裙

サーキュラースカート
sa.a.kyu.ra.a.su.ka.a.to

圓裙
circular skirt

フレアスカート
fu.re.a.su.ka.a.to

傘裙
flared skirt

ジャンスカ
ja.n.su.ka

吊帶裙
jumper skirt

ハイウエストスカート
ha.i.u.e.su.to.su.ka.a.to

高腰裙
high waist skirt

チュールスカート
chu.u.ru.su.ka.a.to

紗裙
tulle skirt

膝丈スカート
hi.za.ta.ke.su.ka.a.to

及膝裙

ミニスカート
mi.ni.su.ka.a.to

迷你裙
mini skirt

ミモレ丈スカート
mi.mo.re.ta.ke.su.ka.a.to

過膝裙
mi-mollet skirt

ボックススカート
bo.k.ku.su.su.ka.a.to

箱型裙
box skirt

スウェットワンピース
su.we.t.to.wa.n.pi.i.su

棉質連身裙

sweat one-piece

常常被拿來當睡衣那種

ロング
ro.n.gu
マキシスカート
ma.ki.shi.su.ka.a.to

長裙

long、maxi skirt

到腳踝

デニムワンピース
de.ni.mu.wa.n.pi.i.su

牛仔連身裙

denim one-piece

コンビネゾン
ko.n.bi.ne.zo.n

一件式裙 / 褲

combinaison

シャツワンピース
sha.tsu.wa.n.pi.i.su

襯衫連身裙

shirt one-piece

マキシワンピース
ma.ki.shi.wa.n.pi.i.su

連身長裙

maxi one-piece

ロングシャツ
ro.n.gu.sha.tsu

長版襯衫
long shirt

ワンカラーベーシックシャツ
wa.n.ka.ra.a.be.e.shi.k.ku.sha.tsu

單色基本款襯衫
one color basic shirt

ベーシック
be.e.shi.k.ku

基本款內搭衣
basic

スクールニット
su.ku.u.ru.ni.t.to

學院風毛衣
school knit

ケーブルニット
ke.e.bu.ru.ni.t.to

粗針織毛衣
cable knit

チュニック
chu.ni.k.ku

ロン T
ro.n.T

ビッグロン T
bi.g.gu.ro.n.T

長版上衣
tunic、long T、big long T

ボタンダウン
bo.ta.n.da.u.n

領釦襯衫
buttondown

ボリューミーニット
bo.ryu.u.mi.i.ni.t.to

寛鬆厚毛衣（大份量毛衣）
voluminous knit

ゆるニット
yu.ru.ni.t.to

ルーズニット
ru.u.zu.ni.t.to

寛鬆毛衣
loose knit

ポップコーン
po.p.pu.ko.o.n

アミニット
a.mi.ni.t.to

小針織毛衣
popcorn knit

スモック
su.mo.k.ku

罩衫
smock

褲子 パンツ (pants)

ミニショーツ
mi.ni.sho.o.tsu

超短褲
mini shorts

ショートパンツ
sho.o.to.pa.n.tsu

短褲
short pants

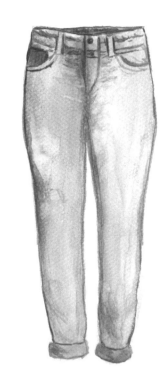

デニムパンツ
de.ni.mu.pa.n.tsu

牛仔褲
denim pants

サロペット
sa.ro.pe.t.to

連身、吊帶裙褲
salopette（法）

キュロット
kyu.ro.t.to

褲裙
culotte（法）

パンツ
pa.n.tsu

褲子
pants

スキニーパンツ
su.ki.ni.i.pa.n.tsu

緊身褲
skinny pants

レギンス
re.gi.n.su

內搭褲
leggings

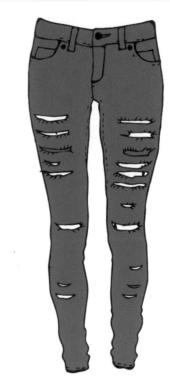

ダメージデニムパンツ
da.me.e.ji.de.ni.mu.pa.n.tsu

破破牛仔褲
damage denim pants

貼身衣物

ブラ bu.ra 胸罩 bra	キャミソール kya.mi.so.o.ru 小可愛 camisole	パンティ pa.n.ti 內褲 panty

夏日

みず ぎ
水着
mi.zu.gi
スイムスーツ
su.i.mu.su.u.tsu

泳裝
swimsuit

ビキニ
bi.ki.ni

比基尼
bikini

ストローハット
su.to.ro.o.ha.t.to

草帽
straw hat

バンドゥビキニ
ba.n.du.bi.ki.ni

兩截式比基尼
bandeau bikini

實用日語會話
服飾篇

A：着てみてもいいですか。
ki.te.mi.te.mo.i.i.de.su.ka
這可以試穿嗎？

B：どうぞ、試着室はこちらです。
do.u.zo、shi.cha.ku.shi.tsu.wa.ko.chi.ra.de.su
請，試衣間在這邊。

A：もっと大きいサイズはありますか。
mo.t.to.o.o.ki.i.sa.i.zu.wa.a.ri.ma.su.ka
有沒有更大一點的尺寸？

B：サイズはフリーサイズです。
sa.i.zu.wa.fu.ri.i.sa.i.zu.de.su
這是 FREE SIZE。

A：如何でしたか。
i.ka.ga.de.shi.ta.ka
您覺得怎麼樣？

B：イメージと違っていたので、ちょっと考えてみます。
i.me.e.ji.to.chi.ga.t.te.i.ta.no.de、cho.t.to.ka.n.ga.e.te.mi.ma.su
和想像中的不太一樣，讓我再考慮一下。

Chapter 3
コスメ

美妝

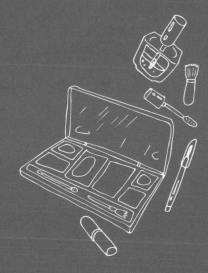

質地

リキッド ri.ki.d.do 液 liquid	クリーム ku.ri.i.mu 乳 cream	エマルジョン e.ma.ru.jo.n 霜 emulsion

○ファンデーションをのばす / つける
fa.n.de.e.sho.n.wo.no.ba.su / tsu.ke.ru
上粉底液

○化粧下地を塗る / 使う
ke.sho.u.shi.ta.ji.wo.nu.ru / tsu.ka.u
上粉底液

化粧下地
ke.sho.u.shi.ta.ji

ファンデーション
fa.n.de.e.sho.n

底妝
foundation

ルースパウダー
ru.u.su.pa.u.da.a
散粉
loose powder

パウダー
pa.u.da.a
蜜粉
powder

プレストパウダー
pu.re.su.to.pa.u.da.a
粉餅
pressed powder

BB クリーム
BB.ku.ri.i.mu
BB 霜
BB cream

コンシーラー
ko.n.shi.i.ra.a
遮瑕膏
concealer

上妝道具

メイクブラシ
me.i.ku.bu.ra.shi
粉底刷

ウォーターミスト
wo.o.ta.a.mi.su.to
保濕噴霧

妝前妝後

讓妝容更服貼

スポンジ
su.po.n.ji
海綿

コットン
ko.t.to.n
化妝棉

たまごがた
卵形のメイクスポンジ
ta.ma.go.ga.ta.no.me.i.ku.su.po.n.ji
ビューティーブレンダー
byu.u.ti.i.bu.re.n.da.a
美妝蛋
beauty blender

めんぼう
綿棒
me.n.bo.u
棉花棒

パフ
pa.fu
粉撲

○パフでパウダーをはたく
pa.fu.de.pa.u.da.a.wo.ha.ta.ku
用粉撲上蜜粉

打亮修容

クリームチーク
ku.ri.i.mu.chi.i.ku
乳狀腮紅
cream cheek

シャドウパウダー
sha.do.u.pa.u.da.a
修容
shadow powder

ハイライター
ha.i.ra.i.ta.a
打亮
highlighter

○チークをつける / のせる
chi.i.ku.wo.tsu.ke.ru / no.se.ru
上腮紅

パウダーチーク
pa.u.da.a.chi.i.ku
粉狀腮紅
powder cheek

スティックタイプのハイライター
su.ti.k.ku.ta.i.pu.no.ha.i.ra.i.ta.a
打亮膏
stick type highlighter

眉毛鼻子

アイブロウ
a.i.bu.ro.u

マスカラ
ma.su.ka.ra

染眉膏
eyebrow mascara

○眉毛を描く / 整える
ma.yu.ge.wo.ka.ku / to.to.no.e.ru

修眉毛

○毛抜きで毛を抜く
ke.nu.ki.de.ke.wo.nu.ku

用拔毛器拔毛

パウダーアイブロー＆ノーズシャドー
pa.u.da.a.a.i.bu.ro.o & no.o.zu.sha.do.o

眉粉 + 鼻影
powder eyebrow & nose shadow

顔用カミソリ
ka.o.yo.u.ka.mi.so.ri

臉部用修毛刀

かみそり
ka.mi.so.ri

剃刀

アイブローペンシル
a.i.bu.ro.o.pe.n.shi.ru

眉筆
eyebrow

眼睛

リキッド
ri.ki.d.do
アイライナー
a.i.ra.i.na.a
眼線液
liquid eyeliner

ペンシル
pe.n.shi.ru
アイライナー
a.i.ra.i.na.a
眼線筆
pencil eyeliner

ジェル
jc.ru
アイライナー
a.i.ra.i.na.a
眼線膠
gel eyeliner

ジェル
je.ru
アイシャドウ
a.i.sha.do.u
膏狀眼影
gel eye shadow

した じ
マスカラ下地
ma.su.ka.ra.shi.ta.ji
睫毛基底膏

マスカラトップコート
ma.su.ka.ra.to.p.pu.ko.o.to
睫毛雨衣
mascara top coat

パウダー
pa.u.da.a
アイシャドウ
a.i.sha.do.u
粉狀眼影
powder eye shadow

マスカラ
ma.su.ka.ra

睫毛膏
mascara

つけまつげ
tsu.ke.ma.tsu.ge

假睫毛

○**アイシャドウをのせる**
a.i.sha.do.u.wo.no.se.ru

上眼影

○**アイラインをひく / ぼかす**
a.i.ra.i.n.wo.hi.ku / bo.ka.su

畫眼線

○**マスカラを塗る**
ma.su.ka.ra.wo.nu.ru

擦睫毛膏

○**つけまつげをつける**
tsu.ke.ma.tsu.ge.wo.tsu.ke.ru

黏假睫毛

クリーム
ku.ri.i.mu

アイシャドウ
a.i.sha.do.u

乳狀眼影
cream eye shadow

指甲

マニキュア
ma.ni.kyu.a

指甲油
manicure

ジェルネイル
je.ru.ne.i.ru

光療指甲
gel nail

ネイルトップコート
ne.i.ru.to.p.pu.ko.o.to

護色油
nail top coat

ネイルベースコート
ne.i.ru.be.e.su.ko.o.to

基底油
nail base coat

ネイルチップ
ne.i.ru.chi.p.pu

つけ爪
tsu.ke.tsu.me

甲片
nail tip

ネイルシール
ne.i.ru.shi.i.ru

指甲貼紙
nail seal

ネイルリムーバー
ne.i.ru.ri.mu.u.ba.a

除光液
jo.ko.u.e.ki

去光水
nail remover

○マニキュアを塗る
ma.ni.kyu.a.wo.nu.ru

擦指甲油

○マニキュアが剥がれる
ma.ni.kyu.a.ga.ha.ga.re.ru

指甲油剝落

○除光液で落とす
jo.ko.u.e.ki.de.o.to.su

用去光水卸指甲

○つけ爪を付ける
tsu.ke.tsu.me.wo.tsu.ke.ru

戴甲片

リップスティック
ri.p.pu.su.ti.k.ku

口紅
lipstick

グラデーションリップ
gu.ra.de.e.sho.n.ri.p.pu

血にじみリップ
chi.ni.ji.mi.ri.p.pu

漸層唇妝、咬唇妝
gradation lip

リップグロス
ri.p.pu.gu.ro.su

唇蜜
lip gloss

リップティント
ri.p.pu.ti.n.to

染唇膏
lip tint

リップコンシーラー
ri.p.pu.ko.n.shi.i.ra.a

唇部遮瑕膏
lip concealer

リップモイスト
ri.p.pu.mo.i.su.to

保濕護唇膏
lip moist

リップクリーム
ri.p.pu.ku.ri.i.mu

護唇膏
lip cream

リップスクラブ
ri.p.pu.su.ku.ra.bu

唇部去角質
lip scrub

○リップをつける
ri.p.pu.wo.tsu.ke.ru

擦口紅

○グロスをのせる
gu.ro.su.wo.no.se.ru

擦唇膏

リップライナーペンシル
ri.p.pu.ra.i.na.a.pe.n.shi.ru

唇線筆
lip liner pencil

實用日語會話
美容篇

A：化粧水はありますか？
　　ke.sho.u.su.i.wa.a.ri.ma.su.ka
　　請問有化妝水嗎？

B：「保しつ」と「収れん」タイプがありますが。
　　ho.shi.tsu.to.shu.u.re.n.ta.i.pu.ga.a.ri.ma.su.ga
　　有保濕和收斂兩種，請問你要哪一種呢？

A：じゃ、「収れん」タイプをください。
　　ja、shu.u.re.n.ta.i.pu.wo.ku.da.sa.i
　　那麼，請給我收斂型的。

A：パックは、どれがお勧めですか？
　　pa.k.ku.wa、do.re.ga.o.su.su.me.de.su.ka
　　請問你推薦哪一款面膜呢？

B：お肌の弱い方には、こちらがお勧めです。
　　o.ha.da.no.yo.wa.i.ka.ta.ni.wa、ko.chi.ra.ga.o.su.su.me.de.su
　　皮膚較脆弱的人，我建議使用這種的。

A：まつげが長く見えるマスカラはありますか？
　　ma.tsu.ge.ga.na.ga.ku.mi.e.ru.ma.su.ka.ra.wa.a.ri.ma.su.ka
　　請問有沒有讓睫毛看起來更長的睫毛膏呢？

B：ブラック、ブラウンの二色がありますよ。
　　bu.ra.k.ku、bu.ra.u.n.no.ni.sho.ku.ga.a.ri.ma.su.yo
　　有黑色、咖啡色兩種顏色喔！

Ａ：お勧めのリップグロスはどれですか。
o.su.su.me.no.ri.p.pu.gu.ro.su.wa.do.re.de.su.ka
有推薦的唇蜜嗎？

Ｂ：これはいかがでしょうか。
ko.re.wa.i.ka.ga.de.sho.u.ka
您覺得這個怎麼樣？

Ａ：これを一本下さい。
ko.re.wo.i.p.po.n.ku.da.sa.i
我要一瓶這個。

Ｂ：お預かりいたします。
o.a.zu.ka.ri.i.ta.shi.ma.su
我暫時幫您保管。

Ａ：この化粧品を１セット下さい。
ko.no.ke.sho.u.hi.n.wo.wa.n.se.t.to.ku.da.sa.i
我要一套這種化妝品。

Ｂ：今、ちょうど品切れです。すみません。
i.ma、cho.u.do.shi.na.gi.re.de.su。su.mi.ma.se.n
不好意思，目前正好缺貨。

Ａ：無香料のモイストクリームはありますか。
mu.ko.u.ryo.u.no.mo.i.su.to.ku.ri.i.mu.wa.a.ri.ma.su.ka
有不香的保濕霜嗎？

Ｂ：無香料のはこちらです。
mu.ko.u.ryo.u.no.wa.ko.chi.ra.de.su
不加香料的在這裡。

Ａ：どんな効果がありますか。
do.n.na.ko.u.ka.ga.a.ri.ma.su.ka
有什麼樣的功效呢？

Ｂ：美白効果が高いですよ。
bi.ha.ku.ko.u.ka.ga.ta.ka.i.de.su.yo
美白效果很好喔！

Chapter 4
クレンジング・スキンケア
清潔保養

洗髪用品

シャンプー
sha.n.pu.u
洗髮精
shampoo

ヘアパック
he.a.pa.k.ku
髮膜
hair pack

コンディショナー
ko.n.di.sho.na.a
潤髮乳
conditioner

ヘアオイル
he.a.o.i.ru
護髮油
hair oil

身體

スクラブ
su.ku.ra.bu
去角質
scrub

ボディシャンプー
bo.di.sha.n.pu.u
ボディソープ
bo.di.so.o.pu
沐浴乳
body shampoo、body soap

シャワースポンジ
sha.wa.a.su.po.n.ji
洗澡球
shower sponge

ローション
ro.o.sho.n
身體乳液
lotion

入浴剤
にゅうよくざい
nyu.u.yo.ku.za.i
泡澡粉

バスボム
ba.su.bo.mu
泡澡球
bath bomb

ソープ
so.o.pu
肥皂
soap

日焼け止め
ひや　ど
hi.ya.ke.do.me
サンスクリーン
sa.n.su.ku.ri.i.n
防曬乳
sunscreen

臉部清潔

せんがんりょう
洗顔料
se.n.ga.n.ryo.u
洗面乳

クレンジングムース
ku.re.n.ji.n.gu.mu.u.su
潔顔慕斯
cleansing mousse

メイクリムーバー
me.i.ku.ri.mu.u.ba.a
卸妝品
makeup remover

かくしつ お
角質落とし
ka.ku.shi.tsu.o.to.shi
去角質

クレンジングオイル
ku.re.n.ji.n.gu.o.i.ru
お
メイク落としオイル
me.i.ku.o.to.shi.o.i.ru
卸妝油
cleansing oil

せんがん
洗顔フォーム
se.n.ga.n.fo.o.mu
泡沫洗面乳

アイメイク　クレンジング
a.i.me.i.ku　ku.re.n.ji.n.gu
眼部卸妝液
eye makeup cleansing

せんがん
洗顔ソープ
se.n.ga.n.so.o.pu
洗面皂

クレンジングフォーム
ku.re.n.ji.n.gu.fo.o.mu
泡沫卸妝
cleansing foam

メイククリアジェル
me.i.ku.ku.ri.a.je.ru
卸妝凝膠
makeup clear gel

ウォッシュパウダー
wo.s.shu.pa.u.da.a
洗顔粉
wash powder

脚

軽石
かるいし
ka.ru.i.shi
浮石

フットパック
fu.t.to.pa.k.ku
脚膜
foot pack

フットスプレー
fu.t.to.su.pu.re.e
足部除臭噴霧
foot spray

手

ハンドクリーム
ha.n.do.ku.ri.i.mu
護手霜
hand cream

エメリーボード
e.me.ri.i.bo.o.do
磨甲板
emery board

ネイルオイル
ne.i.ru.o.i.ru
指縁油
nail oil

爪やすり
つめ
tsu.me.ya.su.ri
修指甲刀

爪切り
つめ き
tsu.me.ki.ri
指甲剪

臉部保養

ミルク
mi.ru.ku
乳液
milk

エッセンス
e.s.se.n.su
精華液
essence

モイスチャー
mo.i.su.cha.a
保濕
moisture

ウォーターパックジェル
wo.o.ta.a.pa.k.ku.je.ru
保濕凝膠
water pack gel

スポットトリートメントジェル
su.po.t.to.to.ri.i.to.me.n.to.je.ru
淡斑凝膠
spot treatment gel

セラム	アクアティック	ホワイトニング
se.ra.mu	a.ku.a.ti.k.ku	ho.wa.i.to.ni.n.gu
精華液	水凝露	美白
serum	aquatic	whitening

化粧水	マスク	スポットクリア
ke.sho.u.su.i	ma.su.ku	su.po.t.to.ku.ri.a
ローション	面膜	清粉刺機
ro.o.sho.n	mask	spot clear
化妝水		
lotion		

美容常見單字用語

一重まぶた	ノーメイク	ニキビ
hi.to.e.ma.bu.ta	no.o.me.i.ku	ni.ki.bi
一重	素肌	痘痘
hi.to.e	su.ha.da	
單眼皮	すっぴん	
	su.p.pi.n	そばかす
	素顔	so.ba.ka.su
	no makeup	雀斑

二重まぶた	小鼻	クマ
fu.ta.e.ma.bu.ta	ko.ba.na	ku.ma
二重	鼻翼	黑眼圈
fu.ta.e		
雙眼皮		

奥二重	毛穴	しわ
o.ku.fu.ta.e	ke.a.na	shi.wa
內雙	毛孔	皺紋

アクネ a.ku.ne 粉刺 acne	**スポット** su.po.t.to 斑 spot	**小じわ** ko.ji.wa 細紋
肌荒れ ha.da.a.re 皮膚粗糙	**くすみ** ku.su.mi 暗沉	**黒ずみ** ku.ro.zu.mi 暗沉物
古い角質 fu.ru.i.ka.ku.shi.tsu 舊角質		**色素沈着** shi.ki.so.chi.n.cha.ku 色素沉澱
混合肌 ko.n.go.u.ha.da 混合性肌膚	**ドライ肌** do.ra.i.ha.da 乾性肌膚 dry	**オイリー肌** o.i.ri.i.ha.da 油性肌膚 oily
敏感肌 bi.n.ka.n.ha.da 敏感性肌膚	**みずみずしい** mi.zu.mi.zu.shi.i 水嫩	**カサカサ** ka.sa.ka.sa 乾燥
ツルツル tsu.ru.tsu.ru 光滑	**スベスベ** su.be.su.be 滑溜	**オイルフリー** o.i.ru.fu.ri.i 不含油 oil free

ウォーターフルーフ
wo.o.ta.a.pu.ru.u.fu
防水
waterproof

保湿
ほ しつ
ho.shi.tsu
保濕

収斂
しゅうれん
shu.u.re.n
收斂

○メイクを落とす
お
me.i.ku.wo.o.to.su
卸妝

○化粧水を付ける
け しょうすい つ
ke.sho.u.su.i.wo.tsu.ke.ru
上化妝水

○リムーバーを使う
つか
ri.mu.u.ba.a.wo.tsu.ka.u
使用卸妝品

○パックする
pa.k.ku.su.ru
敷面膜

○泡を洗い落とす
あわ あら お
a.wa.wo.a.ra.i.o.to.su
沖掉泡沫

○パックをはがす
pa.k.ku.wo.ha.ga.su
拿下面膜

實用日語會話
保養篇

A：顔にも OK な日焼け止めはありますか。
ka.o.ni.mo.OK.na.hi.ya.ke.do.me.wa.a.ri.ma.su.ka
有沒有可以抹在臉上的防曬油？

B：ありますよ。こちらの日焼け止めは顔にも体にも使えます。
a.ri.ma.su.yo。ko.chi.ra.no.hi.ya.ke.do.me.wa.ka.o.ni.mo.ka.ra.da.ni.mo.tsu.
ka.e.ma.su
有的。這款防曬油臉和身體都可以用。

石鹸で落とせるのに、汗・水・摩擦から強く落ちにくい強力な
紫外線から肌を守る UV カットジェル。今年の新作で、とても
人気がありますよ。
se.k.ke.n.de.o.to.se.ru.no.ni、a.se・mi.zu・ma.sa.tsu.ka.ra.tsu.yo.ku.o.chi.ni.ku.
i.kyo.u.ryo.ku.na.shi.ga.i.se.n.ka.ra.ha.da.wo.ma.mo.ru.UV.ka.t.to.je.ru。ko.to.shi.
no.shi.n.sa.ku.de、to.te.mo.ni.n.ki.ga.a.ri.ma.su.yo
肥皂就可以清洗掉，但在汗水、水和摩擦下不容易掉，可保護皮膚免受
強紫外線傷害的一種抗紫外線凝膠。是今年新推出的，人氣很旺喔。

A：良さそうですね。
yo.sa.so.u.de.su.ne
聽起來不錯呢。

B：レジャーやスポーツを楽しみたいけど、紫外線も気になってい
る方におすすめです。
re.ja.a.ya.su.po.o.tsu.wo.ta.no.shi.mi.ta.i.ke.do、shi.ga.i.se.n.mo.ki.ni.na.t.te.i.ru.
ka.ta.ni.o.su.su.me.de.su
推薦給想從事休閒娛樂和運動，但又擔心紫外線傷害的人喔。

Chapter 5

ヘア

髪

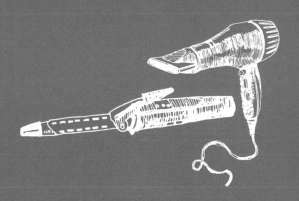

臉型

^{まる がた}
丸型
ma.ru.ga.ta

圓形

^{ぎゃくさん かく}
逆三角
gya.ku.sa.n.ka.ku

倒三角

^{し かく}
四角
shi.ka.ku
ベース
be.e.su

四方臉
base

^{おもなが}
面長
o.mo.na.ga

長方臉

^{たまごがた}
卵型
ta.ma.go.ga.ta

鵝蛋型

長度

ベリーショート
be.ri.i.sho.o.to

極短
very short

ミディアム
mi.di.a.mu

中短髮
medium

ショート
sho.o.to

短髮
short

セミロング
se.mi.ro.n.gu

中長髮
semi long

ロング
ro.n.gu

長髪
long

○髪を切る
ka.mi.wo.ki.ru

剪頭髮

○毛先を揃える
ke.sa.ki.wo.so.ro.e.ru

修剪髮尾

○髪型を変える
ka.mi.ga.ta.wo.ka.e.ru

改變髮型

○髪を梳く
ka.mi.wo.su.ku

梳頭髮

* 髪切りに行ってくるー♪
ka.mi.ki.ri.ni.i.t.te.ku.ru

我去剪頭髮囉〜

* 髪切った？可愛いね！！
ka.mi.ki.t.ta ？ ka.wa.i.i.ne

剪頭髮了嗎？好可愛！！

瀏海種類

ぱっつん前髪
pa.t.tsu.n.ma.e.ga.mi

厚重齊瀏海

センター分け
se.n.ta.a.wa.ke

中分

斜め分け前髪
na.na.me.wa.ke.ma.e.ga.mi

旁分瀏海

原宿系

眉上前髪
ma.yu.u.e.ma.e.ga.mi

眉上瀏海

でこ出し
de.ko.da.shi

露額頭

シースルーバング
shi.i.su.ru.u.ba.n.gu

空氣瀏海
see-through bangs

染髪

インナーカラー
i.n.na.a.ka.ra.a
內層染
inner color

泡カラー
あわ
a.wa.ka.ra.a
泡泡染
color

○プリンになる
pu.ri.n.ni.na.ru
布丁頭 pudding

○メッシュを入れる
い
me.s.shu.wo.i.re.ru
挑染

○髪を染める
かみ　そ
ka.mi.wo.so.me.ru
染髪

○髪色を戻す
かみ いろ　　もど
ka.mi.i.ro.wo.mo.do.su
恢復原本髮色

○色を抜く
いろ　ぬ
i.ro.wo.nu.ku
漂色

燙髪

パーマ
pa.a.ma
燙髪
perm

ストレートパーマ
su.to.re.e.to.pa.a.ma
離子燙
straight perm

○パーマをかける
pa.a.ma.wo.ka.ke.ru
燙頭髮

○パーマがとれる
pa.a.ma.ga.to.re.ru
巻度消失了

○パーマをあてる
pa.a.ma.wo.a.te.ru
燙頭髮

關西說法

女生常見造型

お団子ヘア
だんご
o.da.n.go.he.a

包包頭／丸子頭

三つ編み
み　あ
mi.tsu.a.mi

三股辮

サイドアップ
sa.i.do.a.p.pu

側邊綁
side up

ポニーテール
po.ni.i.te.e.ru

馬尾
ponytail

ボブ
bo.bu

鮑伯頭
bob

ヘアアレンジ
he.a.a.re.n.ji

編髮
hair arrange

くるりんぱ
ku.ru.ri.n.pa

內翻

夜会巻き
や　かい　ま
ya.ka.i.ma.ki

宴會包頭

ハーフアップ
ha.a.fu.a.p.pu

公主頭
half up

くまだんご
ku.ma.da.n.go

雙包包頭

造型品

ワックス
wa.k.ku.su
髪蠟
wax

シュシュ
shu.shu
大腸圏髮帶
法：chouchou

バンダナ
ba.n.da.na
頭巾
印地語：bandhnu

ヘアゴム
he.a.go.mu
髮圏
hair gum

パッチンピン
pa.c.chi.n.pi.n
折定式髮夾
pin

ヘアクリップ
he.a.ku.ri.p.pu
髮夾
hair clip

キープスプレー
ki.i.pu.su.pu.re.e
定型噴霧
keep spray

ヘアムース
he.a.mu.u.su
フォーム
fo.o.mu
造型泡沫
hair mousse、foam

ヘアーエクステンション
he.a.a.e.ku.su.te.n.sho.n
エクステ
e.ku.su.te
接髮
extension

○髪を結ぶ
ka.mi.wo.mu.su.bu
綁頭髮

○ピンでとめる
pi.n.de.to.me.ru
用髮夾固定

○カチューシャをつける
ka.chu.u.sha.wo.tsu.ke.ru
戴髮箍

カチューシャ
ka.chu.u.sha

髪箍

俄：Катюша

ヘアバンド
he.a.ba.n.do

髪帯

hairband

道具

おお
大きめカーラー
o.o.ki.me.ka.a.ra.a

大髪捲

カーラー
ka.a.ra.a

髪捲

curler

ヘアアイロン
he.a.a.i.ro.n

電捲棒

hair iron

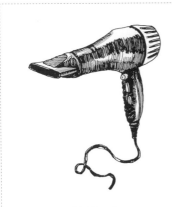

ドライヤー
do.ra.i.ya.a

吹風機
dryer

ストレートアイロン
su.to.re.e.to.a.i.ro.n

平板夾
straight iron

くるくるドライヤー
ku.ru.ku.ru.do.ra.i.ya.a

捲捲吹風機

○髪をまとめる
ka.mi.wo.ma.to.me.ru

綁頭髮

○髪を巻く
ka.mi.wo.ma.ku

捲頭髮

○髪をストレートにする
ka.mi.wo.su.to.re.e.to.ni.su.ru

拉直頭髮

實用日語會話
頭髮篇

A：ヘアアクセはどこに売ってますか？
he.a.a.ku.se.wa.do.ko.ni.u.t.te.ma.su.ka
請問哪裡有賣髮飾呢？

B：あちらです。
a.chi.ra.de.su
在那邊。

A：ストレートパーマをあててください。
su.to.re.e.to.pa.a.ma.wo.a.te.te.ku.da.sa.i
請幫我燙離子燙。

B：はい、かしこまりました。
ha.i、ka.shi.ko.ma.ri.ma.shi.ta
好的，我知道了。

A：前髪はどうなさいますか？
ma.e.ga.mi.wa.do.u.na.sa.i.ma.su.ka
請問瀏海要怎麼處理呢？

B：軽くすいてください。
ka.ru.ku.su.i.te.ku.da.sa.i
請幫我削薄。

A：どのくらい切りますか？
do.no.ku.ra.i.ki.ri.ma.su.ka
請問要剪到哪裡呢？

B：えりあしのあたりまででお願いします。
e.ri.a.shi.no.a.ta.ri.ma.de.de.o.ne.ga.i.shi.ma.su
麻煩你幫我剪到領口附近的長度。

A：どんな感じにしたいですか？
do.n.na.ka.n.ji.ni.shi.ta.i.de.su.ka
你想剪成什麼樣的感覺呢？

B：新垣結衣と一緒の髪型にしたいんですけど。
a.ra.ga.ki.yu.i.to.i.s.sho.no.ka.mi.ga.ta.ni.shi.ta.i.n.de.su.ke.do
我想剪和新垣結衣一樣的髮型。

A：ご希望のヘアスタイルなどありますか。
go.ki.bo.u.no.he.a.su.ta.i.ru.na.do.a.ri.ma.su.ka
有想要剪什麼樣的髮型嗎？

B：整理しやすいヘアスタイルでお願いします。
se.i.ri.shi.ya.su.i.he.a.su.ta.i.ru.de.o.ne.ga.i.shi.ma.su
請幫我剪好整理的髮型。

A：今日はどうされますか。
kyo.u.wa.do.u.sa.re.ma.su.ka
今天想要什麼服務呢？

B：カットとシャンプーをお願いします。
ka.t.to.to.sha.n.pu.u.wo.o.ne.ga.i.shi.ma.su
我想要剪髮和洗髮。

A：どのぐらいの時間がかかりますか。
do.no.gu.ra.i.no.ji.ka.n.ga.ka.ka.ri.ma.su.ka
要花多久時間呢？

B：約2時間かかります。
ya.ku.ni.ji.ka.n.ka.ka.ri.ma.su
大約兩個小時。

Chapter 6

造型品

フラットヒール
fu.ra.t.to.hi.i.ru
平底跟鞋
flat heel

ローヒール
ro.o.hi.i.ru
低跟鞋
low heel

ミディアムヒール
mi.di.a.mu.hi.i.ru
中高跟鞋
medium heel

ハイヒール
ha.i.hi.i.ru
高跟鞋
high heel

プラットフォームパンプス
pu.ra.t.to.fo.o.mu.pa.n.pu.su
前高高跟鞋 / 防水台高跟鞋
platform pumps

オープントゥパンプス
o.o.pu.n.to.pa.n.pu.su
魚口高跟鞋
open toe pumps

ウェッジ ソール
we.j.ji.so.o.ru
楔型鞋
wedge sole

ピンヒール
pi.n.hi.i.ru

細跟高跟鞋
pin heel

チャンキーヒール
cha.n.ki.i.hi.i.ru

粗跟高跟鞋
chunky heel

各種鞋子

サンダル
sa.n.da.ru

涼鞋（腳後跟有綁帶）
sandal

ミュール
myu.u.ru

涼鞋（腳後跟無綁帶）
mule

パンプス
pa.n.pu.su

跟鞋／娃娃鞋
pumps

スニーカー
su.ni.i.ka.a

布鞋／球鞋
sneaker

スポーツシューズ
su.po.o.tsu.shu.u.zu

運動鞋
sports shoes

モカシン
mo.ka.shi.n

莫卡辛鞋
moccasin

スリッポン
su.ri.p.po.n

懶人鞋
slip-on

<ruby>厚底<rt>あつ ぞく</rt></ruby>

厚底
a.tsu.zo.ku

厚底鞋

ビーチサンダル
bi.i.chi.sa.n.da.ru

夾腳拖／海灘拖鞋
beach sandal

ローファー
ro.o.fa.a

皮鞋／學生鞋
loafer

簡單穿脫在英文有
懶惰鬼的意思

グラディエーターサンダル
gu.ra.di.e.e.ta.a.sa.n.da.ru

ボーンサンダル
bo.o.n.sa.n.da.ru

線條像骨頭一
樣排列故有此名

羅馬鞋
gladiator sandal、bone sandal

エスパドリーユ
e.su.pa.do.ri.i.yu

繩底帆布鞋
法：espadrille

トレッキングシューズ
to.re.k.ki.n.gu.shu.u.zu

登山鞋
trekking shoes

オックスフォードシューズ
o.k.ku.su.fo.o.do.shu.u.zu

牛津鞋
oxford shoes

インヒールスニーカー
i.n.hi.i.ru.su.ni.i.ka.a

內增高布鞋 / 運動鞋
heel sneaker

靴子 ブーツ

ニーハイブーツ
ni.i.ha.i.bu.u.tsu

膝上靴
knee high boots

チャッカブーツ
cha.k.ka.bu.u.tsu

矮跟靴
chukka boots

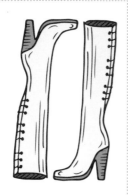

ロングブーツ
ro.n.gu.bu.u.tsu

長筒靴
long boots

ショートブーツ
sho.o.to.bu.u.tsu
ブーティー
bu.u.ti.i

短靴
short boots、bootee

レインブーツ
re.i.n.bu.u.tsu
ゴムブーツ
go.mu.bu.u.tsu

雨靴
rain boots、gumboots

ムートンブーツ
mu.u.to.n.bu.u.tsu

雪靴
mouton boots

ドクターマーチンブーツ
do.ku.ta.a.ma.a.chi.n.bu.u.tsu

馬汀靴
Dr.Martens boots

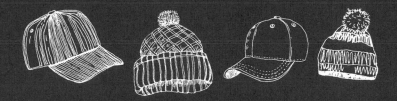

Chapter 7
アクセサリ

配件

包包

パーティバッグ
pa.a.ti.ba.g.gu

宴會包
party bag

ハンドバッグ
ha.n.do.ba.g.gu

手提包
hand bag

クラッチバッグ
ku.ra.c.chi.ba.g.gu

手拿包
clutch bag

エコバッグ
e.ko.ba.g.gu

環保袋
eco bag

キーケース
ki.i.ke.e.su

鑰匙包
key case

コインケース
ko.i.n.ke.e.su

零錢包
coin case

ボストンバッグ
bo.su.to.n.ba.g.gu

行李袋
boston bag

ケンブリッジバッグ
ke.n.bu.ri.j.ji.ba.g.gu

劍橋包
cambridge bag

ショルダーバッグ
sho.ru.da.a.ba.g.gu

側背包包
shoulder bag

け　しょう
化粧ポーチ
ke.sho.u.po.o.chi

化妝包
pouch

めい　し　い
名刺入れ
me.i.shi.i.re

名片夾

トート
to.o.to

提袋
tote

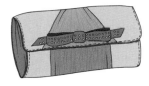

ロングウォレット
ro.n.gu.wo.re.t.to

長夾
long wallet

さい　ふ
財布
sa.i.fu

錢包

パスポートケース
pa.su.po.o.to.ke.e.su

護照夾
passport case

スーツケース
su.u.tsu.ke.e.su

行李箱
suitcase

ポーチ
po.o.chi

小包包
pouch

泛指各種
收納小包包

簡稱成
リュック

リュックサック
ryu.k.ku.sa.k.ku

バックパック
ba.k.ku.pa.k.ku

後背包
德：rucksack、backpack

定期入れ
て　き　い
te.i.ki.i.re

パスケース
pa.su.ke.e.su

票夾

帽子

ハット
ha.t.to

圓帽
hat

キャップ
kya.p.pu

棒球帽
cap

女優帽
じょ ゆう ぼう
jo.yu.u.bo.u

女優帽 / 寛沿帽

ハンチング
ha.n.chi.n.gu

扁帽 / 狩獵帽
hunting

パイロット帽子
ぼうし
pa.i.ro.t.to.bo.u.shi

飛行帽
pilot

ニット帽
ぼう
ni.t.to.bo.u

キャップ
kya.p.pu

針織帽
knit cap

ベレー
be.re.e

貝雷帽
beret

ファーキャップ
fa.a.kya.p.pu

毛毛的鴨舌帽
fur cap

○**帽子をかぶる**
ぼう し
bo.u.shi.wo.ka.bu.ru

戴帽子

○**帽子をとる**
ぼう し
bo.u.shi.wo.to.ru

脱帽子

圍巾 マフラー

ニットマフラー
ni.t.to.ma.fu.ra.a

針織圍巾
knit muffler

手袋
te.bu.ku.ro

手套

ミトン
mi.to.n

連指手套
mitten

ストール
su.to.o.ru

披肩／披巾
stole

ケープ
ke.e.pu

斗篷
cape

イヤーマフ
i.ya.a.ma.fu

耳罩
ear muffler

ネックウォーマー
ne.k.ku.wo.o.ma.a

脖圍
neck warmer

○マフラーを巻く
ma.fu.ra.a.wo.ma.ku

戴圍巾

○手袋をはめる
te.bu.ku.ro.wo.ha.me.ru

戴手套

襪子 ソックス、靴下

ニーソックス
ni.i.so.k.ku.su

及膝襪
knee socks

ストッキング
su.to.k.ki.n.gu

絲襪
stockings

ハイソックス
ha.i.so.k.ku.su

長筒襪
high socks

網タイツ
a.mi.ta.i.tsu

網襪
tights

オーバーニーソックス
o.o.ba.a.ni.i.so.k.ku.su

過膝長襪
over knee socks

眼鏡類

めがね
me.ga.ne
眼鏡

サングラス
sa.n.gu.ra.su
墨鏡
sunglasses

コンタクトレンズ
ko.n.ta.ku.to.re.n.zu
隱形眼鏡
contact lens

カラコン
ka.ra.ko.n
瞳孔變色片、放大片
colored contact lens

○**コンタクトレンズをつける**
ko.n.ta.ku.to.re.n.zu.wo.tsu.ke.ru
戴隱形眼鏡

○**コンタクトレンズをはずす**
ko.n.ta.ku.to.re.n.zu.wo.ha.zu.su
拔隱形眼鏡

○**サングラスをかける**
sa.n.gu.ra.su.wo.ka.ke.ru
戴墨鏡

○**サングラスをはずす**
sa.n.gu.ra.su.wo.ha.zu.su
拔墨鏡

手錶

ウォッチ
wo.c.chi

腕時計
うでどけい
u.de.do.ke.i

手錶
watch

デジタルウォッチ
de.ji.ta.ru.wo.c.chi

電子錶
digital watch

アナログウォッチ
a.na.ro.gu.wo.c.chi

指針式手錶
analogue watch

○時計をつける
と けい
to.ke.i.wo.tsu.ke.ru

戴手錶

○時計をはずす
と けい
to.ke.i.wo.ha.zu.su

脱手錶

○電池を交換する
でん ち こう かん
de.n.chi.wo.ko.u.ka.n.su.ru

換電池

飾品

ネックレス
ne.k.ku.re.su

項鍊
necklace

ブレスレット
bu.re.su.re.t.to

ブレス
bu.re.su

手錬
bracelet

ピアス
pi.a.su

イヤリング
i.ya.ri.n.gu

耳環
pierce、earring

アンクレット
a.n.ku.re.t.to

脚錬
anklet

ブローチ
bu.ro.o.chi

胸針
brooch

リング
ri.n.gu

戒指
ring

ヘソピ
he.so.pi

肚臍環

○ピアスの穴をあける
pi.a.su.no.a.na.wo.a.ke.ru

穿耳洞

○リングをはめる(つける)
ri.n.gu.wo.ha.me.ru (tsu.ke.ru)

戴戒指

○ネックレスをつける
ne.k.ku.re.su.wo.tsu.ke.ru

戴項錬

實用日語會話
配件篇

A：このベルト、もう少し短いものはありますか？
<ruby>少<rt>すこ</rt></ruby> <ruby>短<rt>みじか</rt></ruby>
ko.no.be.ru.to、mo.u.su.ko.shi.mi.ji.ka.i.mo.no.wa.a.ri.ma.su.ka
這皮帶有沒有短一點的呢？

B：こちらが女性用ですよ。
<ruby>女性用<rt>じょせいよう</rt></ruby>
ko.chi.ra.ga.jo.se.i.yo.u.de.su.yo
這邊才是女生用的喔！

A：海外旅行用のスーツケースを買いたいのですが。
<ruby>海外旅行用<rt>かいがいりょこうよう</rt></ruby> <ruby>買<rt>か</rt></ruby>
ka.i.ga.i.ryo.ko.u.yo.u.no.su.u.tsu.ke.e.su.wo.ka.i.ta.i.no.de.su.ga
我想買出國用的旅行箱。

B：こちらですよ。
ko.chi.ra.de.su.yo
在這邊喔！

A：このサングラス、かけてもいいですか？
ko.no.sa.n.gu.ra.su、ka.ke.te.mo.i.i.de.su.ka
這太陽眼鏡可以戴看看嗎？

B：ご自由にどうぞ。
<ruby>自由<rt>じゆう</rt></ruby>
go.ji.yu.u.ni.do.u.zo
請隨意。

A：このソックスいくらですか？
ko.no.so.k.ku.su.i.ku.ra.de.su.ka
這襪子多少錢呢？

B：三足千円です。
<ruby>三足千円<rt>さんそくせんえん</rt></ruby>
sa.n.so.ku.se.n.e.n.de.su
三雙一千元。

A：この手袋は、日本製ですか。
ko.no.te.bu.ku.ro.wa、ni.ho.n.se.i.de.su.ka
這個手套是日本製的嗎？

B：はい、当店の全商品は日本製ですよ。
ha.i、to.u.te.n.no.ze.n.sho.u.hi.n.wa.ni.ho.n.se.i.de.su.yo
是的，本店的商品全部都是日本製的喔！

A：これをちょっと見せてください。
ko.re.wo.cho.t.to.mi.se.te.ku.da.sa.i
請拿這個給我看。

B：はい、これでございます。
ha.i、ko.re.de.go.za.i.ma.su
您要的在這裡。

A：これは値引きしてありますか。
ko.re.wa.ne.bi.ki.shi.te.a.ri.ma.su.ka
這個有打折嗎？

B：当店は正札販売です。
to.u.te.n.wa.sho.u.fu.da.ha.n.ba.i.de.su
我們都照定價。

Chapter 8
デジタル製品

3C 類

手機相關

ケース
ke.e.su
手機殼
case

アイポット
a.i.po.t.to
iPod
iPod

スタンド
su.ta.n.do
手機架
stand

フィッシュアイ
fi.s.shu.a.i
魚眼
fish eye

パノラマ
pa.no.ra.ma
廣角全景
panorama

ケーブル
ke.e.bu.ru
電源線
cable

けいたい
携帯
ke.i.ta.i
手機

ぼうすい
防水ケース
bo.u.su.i.ke.e.su
防水套

スマートフォン
su.ma.a.to.fo.n
智慧型手機 簡稱スマホ
smart phone

モバイルバッテリー
mo.ba.i.ru.ba.t.te.ri.i
行動電源
mobile battery

スマホアクセサリー
su.ma.ho.a.ku.se.sa.ri.i
手機周邊商品
smart phone accessory

ポータブルフォトプリンター
po.o.ta.bu.ru.fo.to.pu.ri.n.ta.a
可攜式相片沖洗機
portable photo printer

液晶保護フィルム
えきしょう ほ ご
e.ki.sho.u.ho.go.fi.ru.mu

螢幕保護貼

ホームボタンシール
ho.o.mu.bo.ta.n.shi.i.ru

home 鍵保護貼
home button seal

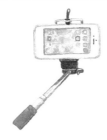

セルフ撮影スティック
さつえい
se.ru.fu.sa.tsu.e.i.su.ti.k.ku

セルカ棒
ぼう
se.ru.ka.bo.u

自拍棒
self stick

相機電腦類

デジタルカメラ
de.ji.ta.ru.ka.me.ra

數位相機
digital camera

簡稱デジカメ

デジタル一眼
いちがん
de.ji.ta.ru.i.chi.ga.n

一眼レフカメラ
いちがん
i.chi.ga.n.re.fu.ka.me.ra

單眼相機
digital、single-lens reflex camera

三 脚
さんきゃく
sa.n.kya.ku

脚架

フィルム
fi.ru.mu

底片
film

イヤホン
i.ya.ho.n

耳機
earphone

メモリーカード
me.mo.ri.i.ka.a.do

記憶卡
memory card

パソコン
pa.so.ko.n

電腦
personal computer

ノートパソコン
no.o.to.pa.so.ko.n

筆電
note personal computer

デジタルカメラケース
de.ji.ta.ru.ka.me.ra.ke.e.su

數位相機包
digital camera case

インスタントカラーフィルム
i.n.su.ta.n.to.ka.ra.a.fi.ru.mu

拍立得底片
instant color film

額縁
がくぶち
ga.ku.bu.chi

写真フレーム
しゃしん
sha.shi.n.fu.re.e.mu

相框
frame

カメラストラップ
ka.me.ra.su.to.ra.p.pu

相機背帶
camera strap

フィルムカメラ
fi.ru.mu.ka.me.ra

底片相機
film camera

タブレット
ta.bu.re.t.to

平板
tablet

スマートウォッチ
su.ma.a.to.wo.c.chi

智慧手錶
smart watch

ヘッドホン
he.d.do.ho.n

耳罩式耳機
headphone

コードホルダー
ko.o.do.ho.ru.da.a

捲線器
cord holder

へんかん
変換プラグ
he.n.ka.n.pu.ra.gu

轉接頭
plug

インスタントカメラ
i.n.su.ta.n.to.ka.me.ra

チェキ
che.ki

富士牌

ポラロイド
po.ra.ro.i.do

買麗萊，也指
拍立得相片

拍立得
instant camera、polaroid

實用日語會話
家電篇

A：このデジカメは<ruby>何倍<rt>なんばい</rt></ruby>ズームですか？
ko.no.de.ji.ka.me.wa.na.n.ba.i.zu.u.mu.de.su.ka
這台數位相機是幾倍變焦的呢？

B：<ruby>四十倍<rt>よんじゅばい</rt></ruby>ズームです。
yo.n.ju.ba.i.zu.u.mu.de.su
40 倍變焦。

A：<ruby>一番軽<rt>いちばんかる</rt></ruby>いノート<ruby>型<rt>がた</rt></ruby>パソコンはどれですか？
i.chi.ba.n.ka.ru.i.no.o.to.ga.ta.pa.so.ko.n.wa.do.re.de.su.ka
最輕的筆記型電腦是哪一台呢？

B：これが<ruby>一番軽<rt>いちばんかる</rt></ruby>くて、<ruby>性能<rt>せいのう</rt></ruby>もいいですよ。
ko.re.ga.i.chi.ba.n.ka.ru.ku.te、se.i.no.u.mo.i.i.de.su.yo
這台不僅最輕，性能也很好喔！

A：この<ruby>体重計<rt>たいじゅうけい</rt></ruby>は<ruby>体脂肪<rt>たいしぼう</rt></ruby>もはかれますか？
ko.no.ta.i.ju.u.ke.i.wa.ta.i.shi.bo.u.mo.ha.ka.re.ma.su.ka
這台體重計也可以測量體脂肪嗎？

B：これは、はかれません。
ko.re.wa、ha.ka.re.ma.se.n
這台是不行的。

A：ストレートアイロンを<ruby>紹介<rt>しょうかい</rt></ruby>してください。
su.to.re.e.to.a.i.ro.n.wo.sho.u.ka.i.shi.te.ku.da.sa.i
幫我介紹一下平板夾。

B：こちらは、<ruby>一番<rt>いちばん</rt></ruby><ruby>売<rt>う</rt></ruby>れ<ruby>行<rt>ゆ</rt></ruby>きがいいですよ。
ko.chi.ra.wa、i.chi.ba.n.u.re.yu.ki.ga.i.i.de.su.yo
這是賣得最好的喔！

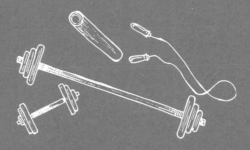

Chapter 9
スポーツファッション

運動時尚

スポーツブラ
su.po.o.tsu.bu.ra

運動內衣
sports bra

レギンス
re.gi.n.su

運動緊身褲
leggings

ジョガーパンツ
jo.ga.a.pa.n.tsu

棉褲
jogger pantaloons

ダンベル
da.n.be.ru

啞鈴
dumbbell

ヨガマット
yo.ga.ma.t.to

瑜珈墊
yoga mat

ヨガボール
yo.ga.bo.o.ru

瑜珈球
yoga ball

歩数計
ho.su.u.ke.i

計步器

タオル
ta.o.ru

毛巾
towel

ヨガ
yo.ga

瑜珈
yoga

アームバンド
a.a.mu.ba.n.do

運動臂套
arm band

ウォーターボトル
wo.o.ta.a.bo.to.ru

水壺
water bottle

ピラティス
pi.ra.ti.su

皮拉提斯
pilates

ジョギング
jo.gi.n.gu

慢跑
jogging

エアロバイク
e.a.ro.ba.i.ku

飛輪
aero bike

ジム
ji.mu

健身房
gym

各式風格介紹

簡樸アメカジ

01 アメリカンアジュアル
a.me.ri.ka.n.a.ju.a.ru

美式休閒風
(american casual)

特色

率性、簡單輕便、機能性高的衣服。

常見單品

デニム 單寧襯衫

T シャツ 棉質上衣

スタジャン 棒球外套

02 アイビー
a.i.bi.i

學院風
(ivy)

特色

書香氣息中帶點運動風，學院風寬鬆帽 T 是首選。

常見單品

ボタンダウンシャツ 鈕釦襯衫

ポロシャツ POLO 衫

ブレザー 西裝外套

チノパン 卡其褲

チルデンセーター V 領毛衣

ローファー 皮鞋

03 エスニック
e.su.ni.k.ku
民族風
(ethnic)

特色

異國風情或是當地的特有服飾，色彩鮮艷而有神秘感。

常見單品

色とりどりの糸 / アクセサリ 色彩鮮艷的布料與飾品
様々な模様の刺繍 各種圖案的刺繍
花柄スカート 有花樣的裙子

04 ガーリッシュ / フェミニン
ga.a.ri.s.shu / fe.mi.ni.n
女孩風
(girlish / feminine)

特色

少女般的甜美可愛，粉紅色與碎花是基本配備。

常見單品

花柄 小碎花

リボン 蝴蝶結

スカート 裙子
可愛い靴下 可愛的襪子

05 ボーイッシュ / マニッシュ
bo.o.i.s.shu / ma.ni.s.shu

男孩風
(boyish / mannish)

[特 色]

用男性的素材搭配。還是保留有一點女生氣息，
並不是單純的只是穿男裝而已。

[常見單品]

改用比較挺的布料

俐落的剪裁

06 ミリタリー
mi.ri.ta.ri.i

軍風
(military)

[特 色]

會讓人聯想到大自然的顏色搭配，
以陸軍軍服為主軸的搭配法。

[常見單品]

カーキ 卡其

オリーブ 橄欖綠

ネイビー 海軍藍

エポーレット 肩章

金属のボタン 金屬鈕釦

07 森ガール
mo.ri.ga.a.ru
森林系女孩

特色

頭髮蓬鬆清爽，服裝自然簡單，
有清新療癒的感覺。

常見單品

ゆるゆるパーマのロングヘア 柔軟的卷髮

ふわっとしたワンピース 蓬鬆的洋裝裙

ポンチョ 斗篷

ボレロ 短版外套

ポシェット 小包包

靴やポシェットは革だったりキャメル色の
シンプルな物をチョイスして

鞋子或包包選擇有皮革或是焦糖色的簡單小物

08 古着系
fu.ru.gi.ke.i
古著風

特色

不追求高價品，用自己的方法搭配出
有特色的古着裝扮，妝髮也很重要。

常見單品

眉上前髪 眉上的瀏海

古着 Tシャツ 古著上衣

柄物ロングスカート 有花樣的長裙

ヴィンテージバッグ 復古包包 (vintage bag)

09 お姉系
ねえけい
o.ne.e.ke.i
成熟大姐姐風

特 色

簡單大方但重視指彩、戒指、耳環等等
小細節，使用品質好的單品來搭配。

常見單品

華奢なネックレス 奢華的項鍊
きゃしゃ

ロングブーツ 長靴

ヒール 跟鞋

ブランド物バッグ 名牌包
もの

10 原宿系
はらじゅくけい
ha.ra.ju.ku.ke.i
原宿系

特 色

以自己的方式搭配是原宿系的指標，品牌跟價格並
不是重點，因此原宿系底下又分了很多種派別。

ストリート系
su.to.ri.i.to.ke.i

街頭風
(street)

特 色

不同的時代背景之下會產生不同的街頭風格，並非由
特定品牌或設計師引領，而是年輕人自然而然形成的
一股風潮，因此也分成許多種。

常見單品

是由年輕人去結合不同時代背景的音樂或次文化等等所產生
的時尚，因此沒有固定的單品。

夏日浴衣特輯

浴衣
ゆかた
yu.ka.ta
浴衣

甚平
じんべい
ji.n.be.i
男性或兒童穿的浴衣

帯
おび
o.bi
綁帶

扇子
せんす
se.n.su
扇子

簪
かんざし
ka.n.za.shi
髮簪

団扇
うちわ
u.chi.wa
涼扇

かごバッグ
ka.go.ba.g.gu
編織包包

巾着袋
きんちゃくぶくろ
ki.n.cha.ku.bu.ku.ro
和式小提包

簡單巾着

下駄
げた
ge.ta
木屐

花火大会
はなびたいかい
ha.na.bi.ta.i.ka.i
煙火大會

線香花火
せんこうはなび
se.n.ko.u.ha.na.bi
仙女棒

屋台
やたい
ya.ta.i
路邊攤

打ち上げ花火
うあはなび
u.chi.a.ge.ha.na.bi
高空煙火

流行相關常用語 ／ ファッション関連の言葉

センス se.n.su 品味 （sense）	古着 fu.ru.gi 二手衣 復古風	重ね着 ka.sa.ne.gi 多層次穿搭
モコモコ mo.ko.mo.ko 毛茸茸	派手 ha.de 華麗	ユニセックス yu.ni.se.k.ku.su 男女兼用 da.n.jo.ke.n.yo.u 中性 （unisex）
おしゃれ o.sha.re 時尚	上品 jo.u.hi.n 優雅	ダサい da.sa.i 俗氣
私服 shi.fu.ku 自己的衣服 （藝人、模特兒私底下的穿搭）		ロールアップ ro.o.ru.a.p.pu 捲褲管（或袖子） （roll up）

OOTD
(outfit of the day)

「今日穿搭」的意思
用於 SNS 的 TAG.

ブラウジング
bu.ra.u.ji.n.gu

紮進去、束腰
(blousing)

コーディネート
ko.o.di.ne.e.to

穿搭
(coordinate)
＊簡稱コーデ

ドレスコード
do.re.su.ko.o.do

服裝規定（派對之類的場合）
(dress code)

シャツの腰巻き
sha.tsu.no.ko.shi.ma.ki

綁腰

プロデューサー巻き
pu.ro.du.u.sa.a.ma.ki

綁肩
(producer)

常見日本 標語 / 見慣れている スローガン

 服飾系列

こだわりの色落ち感がボーイズ風	講究的刷白感很有中性風
もっと細く見せたい	我想看起來再瘦一點
脚長ジーンズの代表	長腳牛仔褲的代表
普通のストレートが一番使える	一般的直筒褲最好搭
若者世代に人気	在年輕世代中很有人氣
夏のモテモテ商品	夏天的人氣商品
どんなスタイルにも似合う	無論何種風格都很適合
デニムバッグはやっぱりほしい	還是想要一個牛仔提包
加工が美しい	加工十分精美
人気急上昇	人氣急速上升
ピンクはやっぱり女の子に一番似合う	還是粉紅色最適合女孩子

花模様がすてき！	花紋圖案美呆了
携帯も和風の袋に入れて！	手機也放在和風袋子裡吧
質感のいい巾着袋	質感挺好的巾著袋
夏に欠かせない	夏日不可欠缺
きもの姿の仕上げはゲタ選び	完成和服裝扮最後選雙木屐吧
オフタートルな首元がキュート	鬆糕領的頸部十分可愛
カラフルな配色がかわいい	多彩的配色非常俏皮
春にぴったりの爽やかさ	適合春天的清爽樣式
まだまだ注目	詢問度仍然相當高
女の子っぽさいっぱい	少女味十足
この一枚で好感度倍増	只要這一件好感度倍增
女の子度満点！	百分百少女風
この軽さが今風！	輕飄飄的感覺很有流行的味道
春先から好調に売れている	初春以來一直都賣得很好
おしゃれに、手を抜きたくない	不想放過時髦單品
今年は買わなきゃ！	今年非買不可！
リゾート気分満点	度假氣氛滿滿

レディ気分を満喫できる	充分體驗成熟女人味
時には女優風に	偶爾來個女明星的裝扮吧
足のラインがきれいに見える	讓腿部線條看起來更美麗
今年絶対必要！	今年絕對必需品
ボウつきで甘い感じ	附有蝴蝶結的設計非常甜美
カジュアルすぎない感じがグッド	不會過於休閒的感覺令人滿意
明るいグリーンが好印象	明亮的綠給人好印象
色の感じが大人っぽい	配色相當穩重
グリーン系の色使いが爽やか	綠色系的搭配很清爽
夏も売れ筋だったこの商品	夏天仍然大賣的商品
今買ってずっと活躍	現在購買可以活躍一整年
刺繍がとってもきれい	好美麗的刺繡
色使いが夏っぽい	用色充滿夏天的味道
プチプラ価格がいい感じ	便宜的價格令人心動
Love度の高い色	討喜的顏色
誰でも可愛く見せてくれる	大家都會覺得可愛的一款
足長に見えるタイプはお買得！	腳長效果顯著值得購買

大人のカジュアルスタイルを！	成熟休閒風格的打扮
今日はちょっとスポーティーに！	今天就來點運動風裝扮吧
目立ち度 No.1	引人注目度 No.1
一度着てみたい！	好想穿一次看看
キュートなデニム	可愛牛仔裙
次買うチノパンはブルーに	接下來要買件藍色棉布褲
水彩画みたいなブルーに一目惚れ	對水彩畫般的藍一見鍾情
柔らかい素材で、はきやすい	柔軟的質料穿起來很舒服
ゆったり感が足の欠点をカバー	寬鬆感可以修飾腳形的缺點
紫色のレザー、ゴージャスさ満開	紫色皮革滿溢著豪華風
デザインが珍しい	很特別的設計
カラフルボーダーを目を引く	多彩橫條紋吸引所有人的目光
今年の人気者！	今年超人氣商品
女靴と合わせても素敵	搭配女靴也非常好看哦
スーパーマンになりたい？	想變成超人嗎
ショップの定番アイテム	店家的經典商品
形はシンプル、色はラブリー	款式簡單、顏色可愛

買い出し！	採購商品
夏中活躍するノースリーブ	夏日十分活躍的無袖T
何枚でも欲しい！	無論幾件都想要
七分袖シャツがお気に入り	最愛七分袖衫
人気の迷彩柄をまん中に！	將人氣迷彩點綴在正中央
冬の必需品！	冬天的必備款
適当なあきのVネックも使いやすそう	適當開口的V領也很好搭配哦
暖かい！	很溫暖哦
ブルー系の配色が新鮮！	藍色系的配色相當新鮮
絶妙な発色が今っぽい	絕妙的顯色很有時下流行感
両面とも使えるから、便利！	兩面都可以穿、相當方便
かっこよく着こなせる	可以穿得很帥氣哦
明るいイエロー	亮眼的黃
赤のジップアップもほしい	想要一件紅色拉鍊式外套
着やせ効果、期待できそう	讓人期待它穿起來的瘦身效果
大人っぽく着こなしに！	成熟風打扮
ワークは今の流行りもの	工作款是今年流行指標

オレンジ色で女の子スタイル	以橘色呈現出少女風
ブーツとぴったり！	跟靴子很搭
今年夏の限定販売	今年夏天限定販賣
清々しいグリーン！	清爽的綠色
すぐ取り入れたい！	真想馬上擁有
注目度高いピンクストライプ	詢問度相當高的粉紅直條紋
ジーンズとぴったり！	與牛仔褲相當速配
優しい水色がかわいい	典雅的水藍色真可愛
元気なイメージのボーダー	給人精神飽滿印象的橫條紋
スクール風スタイルに	校園風格裝扮
ボーダーＴも気になる存在	橫條紋Ｔ也是不可忽視的存在
素材で印象が変わる	質料讓整個感覺都不一樣囉
女の子らしさいっぱい	充滿少女風情
赤だって上品に着こなせる	紅色也可以穿得很高雅哦
秋の一番チョイス	秋天的最佳選擇
個性的なデザイン	個性十足的設計
チョイボーイズスタイルに	來個稍帶男孩風的打扮

これぞ、プチプラ No.1	物美價廉 No.1
黒は冬の定番	黑色是冬天的主角
かっこよく見える	看起來很酷哦
クラシックな女らしさたっぷりの冬ベージュ	充滿古典女人味的冬天淡褐色
大人度の高い細身コート	超成熟風窄腰身外套
これでパーティーに行こう	就穿這件去參加舞會吧
デザインものに挑戦	挑戰嘗試一下設計質感商品
この一枚でイギリス風に！	以這件上衣創造英國風
ジップアップもかわいいデザイン	拉鍊式外套也要可愛的設計
スニーカーと相性がいい	與運動鞋相當速配

memo

內在美系列

絶対手に入れたい!	絕對要擁有的款式
夏らしい爽やか色	夏日風的清爽顏色
ハートがラブリー	可愛的心型設計
響かない、便利なブラ	不會透出的方便型胸罩
一度は着たいよね	很想穿一次看看吧
ためしてみたら?	要不要嘗試看看呢
ナイスボディに!	修飾美好身體曲線
シルキーの触感が気持ちいい	絲質的觸感摸起來真舒服
重ね着風にしてみて!	試試看多層次穿著吧
セクシーな下着セット、いかが?	來套性感內衣如何
白い花柄がキュートさ満点	白色小碎花可愛度滿分
ボーイズ感がかわいい	帶點男孩風的感覺很可愛
シンプルなスポーツ風	簡樸運動風
部屋着にもなりそう	看來似乎也可以當作居家服

太ももしっかり締めて	緊緊束住大腿曲線
素材が柔らかい	材質相當柔軟
セクシー度 No.1	性感度 No.1
見えなくてもかわいいものを！	就算別人看不見也要挑可愛的
気持ちいい感触！	舒服的觸感

memo

美妝品系列

色持ち抜群！	色彩持久
すっとのびる！	延展迅速
ブラシが使いやすいタイプ！	眉刷輕便好使用
芯が柔らかくて描きやすい！	筆芯柔軟易畫
プチプラなのに描きやすい！	便宜又好畫
きれいな発色！	上色漂亮
カーブで目尻や目頭も簡単！	彎曲的設計刷眼尾眼頭都容易
繊維たっぷり！	纖維量十足
一本あると便利！	擁有這一支就相當方便
ビューラーのカールをしっかりキープ！	完全保持睫毛夾夾起來的卷度
自然なツヤ感のある透明肌に！	變成有自然光澤感的透明肌膚
表情をイキイキと見せるオレンジ！	讓表情更生動的橘色
少量で肌に輝きをプラス！	一點點就可以增加肌膚的亮度
白肌をすっかりキープ！	讓你永遠保持嫩白的膚色

薄づきで自然	薄薄的一層就相當自然
ベストセラーチーク No.1	暢銷腮紅 No.1
唇にモイスチャーを！	給唇部補充水分
唇の輪郭を消す！	蓋掉嘴唇的輪廓
立体感のあるキャンディーリップに	讓你變成立體感的糖果唇
自然な感じにボリュームアップできる	能使髮量增加自然
ひと塗りで、あでやかリップ	塗一下就可以讓嘴唇變得豔麗
弾力を与えてくれる	增加彈性
唇の荒れを改善する	改善嘴唇乾燥狀況
まばら眉をしっかりキャッチ！	穩固稀疏的眉毛
きれいな眉の形に必要！	美麗眉形的必備品
よく切れるものを 1 つ用意！	要準備一支銳利易剪的
まつ毛にカールをかけて！	給睫毛上個卷度吧
目尻側にカールを！	眼尾也讓它卷起來吧
きれいな仕上げに！	讓完成後的彩妝更美麗
これがあれば手が汚れないよ	有了這個就不怕弄髒手囉
ツヤめき感あり	亮澤感十足

色がはげるのを防ぐ！	預防脱色
ネイル前には塗ろう！	上指甲油前先塗一下吧

memo

 # 個人保養

毛穴の汚れがみるみる落ちる！	毛孔汙垢瞬間脫落
毛穴の奥まで入り込む	進入毛孔深處
洗い流した後ベタつかない	清洗過後不黏膩
顔が洗えない時に使用	無法洗臉的場合就用這個吧
毛穴の汚れまですっきり落ちる	連毛孔汙垢也一併洗淨
マッサージ洗顔も有効	按摩洗臉效果十足
ニキビに効果絶大！	消除痘痘效果顯著
オイリー肌におすすめ	特別推薦給油性肌膚
泡立ちがいい！	易產生泡沫哦
肌がサラサラになる	讓肌膚變得更清爽
くすみや肌荒れに効果が！	對暗沉與粗糙肌膚效果顯著
収れん作用で毛穴を引き締め！	利用收斂作用緊緻毛孔
化粧水の後はキープする乳液を！	化妝水後擦上鎖住水分的乳液
敏感肌用！	適用敏感性肌膚

ボディショップの人気商品！	BodyShop 的人氣商品
目の周りに潤いを！	給予眼睛四周滋潤
美しい目もとに！	讓眼部更加美麗
保湿力が高い	保濕力高
細かい霧のようなミストが気持ちいい	柔細噴霧感覺好舒服
ベタつかずスーッと吸収される	不黏膩、迅速吸收
ジェルで潤いをプラス！	利用凝膠來提升滋潤度
弾力のあるプルプルの肌に	形成彈性柔嫩的肌膚
みずみずしくハリのある肌に！	讓你擁有水嫩有彈性的肌膚
美白のベストセラー！	美白暢銷商品
透明感のある肌を作る	創造透明感的肌膚
夜中働く美白ジェル	夜間保養美白凝膠
超即効美白！	美白效果立現
落とす美白！	去掉暗沉的美白效果
肌の透明力を引き出す美白！	帶出肌膚透明感的美白效果
天然クレイパックで余分皮脂を吸着！	天然泥面膜吸取多餘油脂
皮脂を吸着し、潤いも与える	吸取油脂、給予滋潤

週に一回で美白効果抜群	一週一次、美白效果顯著
睡眠中のアクネケア	睡眠中的粉刺修護凝膠
素材の安全さが大切！	材質的安全度相當重要
使いやすいペンタイプの甘皮用オイル	超好用的筆型去甘皮油
スクラブで角質を落とす	利用磨砂去掉角質吧
ひとスプレーで足すっきり	輕輕一噴腳部清清爽爽
甘皮のラクラク処理！	輕輕鬆鬆去除甘皮
爪の手入れに優れもの！	用優良產品來保養指甲
軽くて使いやすく、値段も手頃	又輕又好用、價格也合理
汗をしっかり拭き取れるよ！	可以確實擦拭掉汗水哦
五分で OK!	五分鐘就 OK
カンタン & スピーディなのだ	操作容易又迅速
瞬 間むだ毛すっきりテープ	雜毛瞬間完全去除膠帶
簡単で楽しめる	簡單又能享受樂趣
お肌にやさしい	不傷肌膚
泡で肌を保護	用泡沫保護肌膚不受傷害
軽くて持ちやすい	輕盈又好拿

入浴で代謝を活性化	利用泡澡活化代謝功能
お肌をうるおす効果バッチリ！	潤澤肌膚效果非常棒
血行にいい！	可以促進血液循環
赤ちゃんの肌になりたい	我想擁有嬰兒般的肌膚
スキンケア効果が高い	護膚效果佳
軽い感触でベタつかないタイプ	輕盈觸感不黏膩
体によさそう	對身體很好
シャネルの人気の香り	香奈兒人氣香水
使いやすいタイプ	容易使用的款式
かわいくてほしくなるね	可愛的外型、很想要吧
いろんな香り、そろってますよ	各種香味都很齊全哦
体をいい香りに！	讓身體香噴噴
売れ売れの人気者	超人氣暢銷商品
オイルフリー！	無油配方
サラサラでテカリを抑えてくれる	清爽質地抑制皮膚出油
肌への負担が少ない	降低對皮膚的負擔
美白効果抜群	美白效果超強

体のニオイも抑える	連身體異味也可抑制哦
外でも便利なシート式	在外也方便使用的紙巾式
手軽な感じ	用起來很輕便
美容液をたっぷりつけて！	要沾溼滿滿的美容液喔
擦るだけで、アクネオフ	輕輕一擦就可去除粉刺
週に一回、毛穴詰まりケアの仕上げに	一週一次、疏通毛穴阻塞
脂がよくとれる！	油脂吸得乾乾淨淨
ワキ専用のスキンケア	腋下專用保養液
効果的に汗を抑えてくれる	有效抑制汗水
すべすべお肌が長続き！	長時間保持滑溜的肌膚
めがねをかけたくない時に！	不想戴眼鏡的時候
一滴だけで、目がすっきり	只要一滴、眼睛明亮舒暢
旅行に便利なサイズ	便於旅行攜帶的大小
毎日新しいレンズで清潔に	每天換新鏡片保持清潔
毎日のケア忘れずに	不要忘記每天的保養
肌触りがいいのを！	選擇觸感舒服的
歯の美白効果も！	也有美白牙齒的功效哦

タオルも好きなピンク！	毛巾也要選擇喜歡的粉紅色
漏れずに安心！	放心不外漏

memo

美髪沙龍

気分転換に短く！	換個心情剪個短髮吧
外国人っぽく見せてくれる！	看起來很有外國人的味道
いつまでもストレートで行きたい	永遠都想保持直長髮
真ん丸キュートなマッシュルーム	圓圓的可愛香菇頭
縦長を強調したさりげないウルフ	強調縦長效果的簡單狼剪髮
さらさらストレートに憧れる	夢想中的直爽秀髮
きちんと感のあるルーズウエーブ	看起來乾淨整齊的大波浪
自然な毛流でかわいらしさを！	自然的毛流創造可愛感
ゆるい毛流をピンパーマで作る	用夾子燙創造出飄逸的毛流
グッとあか抜けた雰囲気に！	帶給你脱俗的感覺
80 年代風スパイラルで！	80 年代風螺旋燙
お人形みたいなふわふわパーマ	洋娃娃般的蓬鬆燙髮
揺れる毛先がキュート	飄搖的髮尾感十分可愛
ミックスパーマが自然でかわいい	混合燙不但自然也很可愛

自分でカラーリングに挑戦！	挑戰一下自己 DIY 染髮吧!
大胆なレッドに勇気出せない？	有沒有勇氣試試看大膽的紅色
鮮明に色を出している	染出的顏色相當鮮明
お人形のようなハイトーンコッパー	洋娃娃般的高明度銅色
光に当たると分かる、上品なイエロー	一接觸陽光就變成高雅的黃色
色落ちしても目立ちにくい	即使掉色也不明顯
立体感を出している！	立體感十足
ブルー系の色に一度も挑戦してみたい	我想挑戰看看藍色系的染色
カフェ・オ・レ色でしっとり大人っぽく	牛奶咖啡色給人成熟的感覺
久々登場の横ポニーテールが新鮮	久未登場的側邊馬尾很新鮮
丸みのあるラインに優しい印象に	圓弧的線條給人柔和的印象
けっこう手間がかかったおしゃれ頭	相當費時的時髦髮型
可愛さのあるスタイルに！	弄一個可愛髮型吧
自然なストレートラインに	呈現自然的直髮線條
くっきり際立つウェーブラインに	創造與眾不同的鮮明卷度
波打つようなウェーブラインに	創造波浪般的起伏線條
まっすぐさらさらに	呈現清爽直順秀髮

まっすぐな髪をよりシャープに強調	強調更俐落的直髮線條
表情豊かなスタイルに	讓你擁有豐富多變的髮型
カールラインがすばやく決まる	迅速完成完美的卷度
一日中、軽く無造作なスタイルに	讓你一整天保持輕鬆不做作的髮型
つや・しなやかさを集中補給	集中補給光澤度與柔軟度
さらさら軽い仕上がり	洗完頭後清爽輕柔
1 日くずれない	保持一整天都不亂哦
毛先が自然な動きに	創造自然律動的髮尾效果
根元から作るクシャッとしたラフ感	從髮根呈現出隨興的蓬鬆感
毛先に動きのある表情	讓髮尾表情更生動
髪の流れにきらりと光る表情	讓毛流發光發亮
寝ぐせから一気にストレートへ	讓睡醒的雜亂頭髮一口氣直順到底
潤い浸透、透明ヘアに	滋潤度滲透、呈現透明髮絲
スタイルキープ効果大！	定型效果很好
毛先アレンジメント	創造多變的髮尾
しなやかストレート	輕軟直髮
柔らかウエーブ	柔軟卷度

さらさらストレート	清爽直髮
パサついた髪に潤いを与える	給毛躁髮絲帶來滋潤
軽ふわ感、際立つ！	輕柔蓬鬆感就是與眾不同
指通りのいい髪になる	指尖滑過不打結
髪さらさら！	髮絲清清爽爽
カラーリングが長持ちする効果が！	讓染髮色澤更持久
ダメージ部分を集中補修	集中修補受損頭髮
乳液みたいな感触	乳液般的觸感
自由にアレンジできる	能自由改變造型
色を守る！	保護髮色
水分を効果的に補ってくれるよ！	有效補充秀髮水分哦
傷んだ髪を補修	修補受損頭髮
切れ毛を補修	修補分岔髮絲

鞋款系列

ナイキの最新作	耐吉的最新作
鮮やかな色が大好き！	最喜歡鮮豔的顏色
若者に人気 No.1	在年輕族群中人氣度 No.1
イエローとブルーの相性もいい	黃與藍的搭配相當適合
adidas から目が離せない	無法忽視愛迪達的存在
注目のハイカット！	相當受矚目的高筒鞋
日本限定モデル！	日本限定款
秋冬の服にはピッタリマッチ	與秋冬服飾相當速配哦
軽くてはきやすい	又輕又好穿
背が高く見える効果があり！	穿這雙鞋看起來很高哦
ショップで売れ売れ！	店內暢銷商品
もうバレーシューズは欠かせない	芭蕾娃娃鞋絕對不能少
支持者が多い！	擁護者很多
ちょっとトイ風のデザイン	帶點玩具風的設計

オレンジがきれい！	橘色很漂亮
新鮮なイエローのスエード素材	鮮黃色的絨面革素材
美脚効果大！	美脚效果絕佳
大人っぽくはきたい	我想穿得成熟一點
女の子っぽい足元作りに！	創造出女孩風格的腳吧！
今年はサンダルも一足欲しい！	今年也想要一雙涼鞋
紫色が魅力的！	紫色魅力十足！
チャイナ風が好き！	喜歡中國風
水色が涼しげで、気持ちいい	水藍色涼爽的氣氛感覺真好
スカートに合わせやすい	容易搭配短裙的款式
柔らか革で歩きやすい	柔軟的皮革走起來很舒服
はき心地がとってもいい！	穿起來的感覺相當舒服

配件

毎日持ち歩きたい	天天都想帶出門
チャイナ風のシャツってやっぱりかわいい	中國風襯衫還是很可愛
使えば誰でも女優気分	任何人用都可體驗當女明星的感覺
花柄のトート、春気分	小碎花圖案提包充滿春天的氣息
バラの花は女の子のお気に入り	玫瑰花是女孩子喜愛的
このベルトで女子度アップ	這條皮帶可以提升女人味
水玉は可愛さをプラス	圓點點可以讓你變得更可愛
イチゴの魅力がたまらない	草莓的魅力無法擋
甘い色のマフラー	色澤甜美的圍巾
シンプル系は素材感も重要	簡約風的質感也很重要
可愛くて機能的なデザイン	可愛又機能性十足的設計
チャメッ気たっぷりのニット帽	淘氣十足的針織帽
色も質感も甘さたっぷり	無論顏色或質感上都充滿了甜美風
冬は毎日ファーのトートでいきます	整個冬天都要帶著毛毛包

雪の日でも寒くない	就算下雪也不怕冷了
白い水玉がキュート	白色圓點點很可愛
冬に手を暖めよう!	冬天的時候暖暖手吧
上質感あり!	質感極佳
珍しい花柄に挑戦	挑戰特別的花色
永遠の定番	永遠的經典款式
新鮮な針編みのボーダー	感覺很新鮮的針織橫紋
視線を集める虹色	吸引所有人目光的彩虹配色
甘いピンクのつけ衿	甜美粉紅色的假領子
上品だけどフリンジがキュート	雖然高雅但流蘇設計很可愛
あったかウールが今年っぽい	暖暖的毛線製品有今年的味道
和風アイテムは捨てがたい	和風物品令人難以捨棄
美人度、ぐ〜んとアップ!	迅速提升美人度
懐かしい雰囲気の花柄	充滿懷舊氣氛的花色
水色に白いドットが好き	好喜歡搭配在水藍色上的白色點點
気軽にかぶれる!	戴起來很輕鬆
人気の迷彩柄	人氣迷彩花紋

優雅に見えるきれいめタイプ	戴起來很優雅的漂亮淑女風
色が珍しくて、きれい!	特別的顏色非常美麗
ムートンが今モテモテ	羊皮材質現在很受歡迎哦
紫がおしゃれ!	紫色非常時髦哦
明るい印象付け!	戴起來印象很鮮明
ベレーを集めたい	好想收集貝雷帽
今年の代表格	今年的代表商品
かぶると小顔に見える	看起來臉比較小哦
サイド側のリボンがキュート	側邊的緞帶很可愛
アイドルっぽいデザイン	偶像風格設計
ユニークなデザインもおしゃれ	獨特的設計也相當時髦
エスニック風ターバン	民俗風頭巾帽
懐かしいボンボンつきのニット帽	令人懷念的毛毛球針織帽
合わせやすい黒色	黑色非常好搭配
個性的な着こなしのポイント	個性化打扮的關鍵
おしゃれ度満開!	時髦度百分百
この時期マストのアイテム	當下必備款

トラッド気分たっぷり	復古風味濃郁
家の中でも足を暖めよう!	在家裡脚也要好好保暖哦
スカートとベストコンビ	搭裙子是絶配
タイダイドを試したい	我想試試看印染襪
くしゅくしゅ感を強調	特別強調出皺摺感
配色がキュート	配色很可愛
シンプルにはきたい	想穿得素一點
使いやすい網タイツ	此款網襪很好穿哦
通勤レディの必需品	通勤女孩的必需品
カジュアル感がかわいい	休閒感的設計十分可愛
秋の空みたいな濃いブルー	如秋季天空般的深藍色
マジメ顔のスクェアもワンポイント	外型踏實的方形也是流行重點哦
バタフライの形、ほしくない?	不想要一支蝶形眼鏡嗎
グリーン系のデザインが目立つ	綠色系的設計相當顯眼
知的に美しく見える	看起來很有知性美
パープルの流行はメガネにもきてる	紫色流行也蔓延到眼鏡來了
みんなの視線をいただき!	攫取所有人的目光

流行度 No.1	流行度 No.1
カジュアルに使えるタイプ	可以搭配休閒風穿著的款式
好感度抜群のトラッドタイプ	好感度極佳的復古風
ベージュ×赤の絶妙バランス	淡褐色×紅色的絕妙組合
ジーンズに気軽に	可隨意搭配牛仔褲
スポーツ派の女の子に最適！	最適合運動風的女孩子
珍しい蛍光アイテム	少見的螢光商品
黒地にシルバービーズがユニーク！	黑色底配上銀色串珠感覺相當獨特
レーシーは女らしい	蕾絲很有女人味
スカートにもジーンズにも似合う	不論裙子或牛仔褲都很搭
ショップで人気！	店家人氣商品
上品なブルーはきれいめな印象	典雅藍給人美麗的印象
ボヘミアンの勢いは、止まらない	波西米亞的勢力鋭不可擋
光沢感のあるピンク色エナメル	具有光澤感的粉紅亮皮
ロマンチックな雰囲気～	充滿羅曼蒂克的氣氛
光沢がきれいな素材	光澤度相當美麗的素材
スネークそっくりのベルト！	似蛇般的腰鏈

手編みのベルトでシンプルに！	利用手編腰帶創造簡單風格
ロック風に一番似合う	最適合搖滾風
カジュアル派はキャメル	休閒風格還是要挑駝色
Orange × Purple=Fresh	橘×紫＝新鮮
誰にも欠かせないアイテム	任何人都不可欠缺的單品
ちびニットトートがかわいい	小小針織提包實在可愛
ブルーにホワイトをポイントアップ	藍底加上白色讓顏色更鮮明
小花がキュート！	小花的設計很可愛
上品なおしゃれバッグ	高雅時髦的包包
売れ売れの人気アイテム	超暢銷人氣商品
緑に赤のサクランボがキュート	搭配在綠底的紅櫻桃超可愛
旅行にとても便利	旅行用起來相當方便哦
クールな黒	酷黑色
ナイロンは軽くてヘビロテ最高	尼龍材質又輕又好攜帶
気軽に散歩に行こう	輕鬆地去散步吧!
あったか度満点	溫暖度百分百
エスニック風アイテムを集めたくなる？	想收集民俗風物品了嗎

厚手キャンバス地のシンプルトート	厚麻布質地的簡單風提包
いっぱい入りそう！	好像可以放很多東西哦
光沢がいい感じで大人っぽい	極佳的光澤度帶有成熟風
光沢感のある赤	呈現出光澤感的紅
ポケットつきで機能満点	附口袋的設計機能滿分
女の子の永遠の憧れ	女孩子永遠的憧憬
プラダの定番商品	PRADA 的經典款式商品
コインケースも LV でいこう	零錢包也要買 LV 的
バーバリーの基本アイテム	Burberry 的基本款
黒アイテムが必ず手に入る	黑色商品是絕對必買品
持てばハッピーになれる	帶在身上心情會跟著好起來哦
パープルがやっぱり華やか	紫色果然很華麗
アイスグリーンが気持ちいい	冰綠色的感覺好舒服
毎日使うから、おしゃれなのを選ぼう	每天都要使用當然就要選時髦的
シルバーのアイテム大好き	最喜歡銀製商品了
海外旅行、行きたいね	很想出國去玩吧
機能満点のデザイン！	機能滿分的設計

使いやすいタイプ！	使用起來很簡單的類型
これも手に入れたい	這個我也想要擁有

memo

 # 飾品

アンティーク調のバングル	古董調的手環
おもちゃみたいなところがキュート	像玩具般的設計非常可愛
シルバーはやっぱり人気の定番!	銀製品一直是人氣經典商品
手元のおしゃれを完成!	手上的時髦裝扮完成了
幸せ気分も膨らみそう	幸福的氣氛似乎也滿溢起來了
一番欲しいのはこれ!	最想要的就是這個
優雅に衿もとが引き立つデザイン!	讓領口格外優雅的設計
好感度の高いデザイン	給人相當有好感的設計
繊細なデザインが素敵!	纖細的設計非常漂亮
カジュアルな文字に注目!	簡單的文字設計引人注目
ちょっと大人感覚	稍微帶點成熟的感覺
フレッシュな色使いに一目惚れ!	新鮮配色讓人一看就愛不釋手
今年見逃せない!	今年絕對不能錯過
指がきれいに見える	讓手指看起來很漂亮哦

今シーズン注目度抜群	在本季極受人矚目
透明感のあるビーズがキラキラ	帶有透明感的串珠閃亮亮的
四つ葉モチーフが女の子らしい	幸運草圖案很有女孩子味道
その日の気分に合わせて!	配合當日的心情裝扮自己
目立ち度 120%	亮眼度 120%
大人っぽさ No.1	成熟感 no.1
大好きなブランドの新作	最愛品牌的新作品
アクセ感覚で使って!	當作飾品來使用吧
デイリーに活躍しそう	每天都可以很活躍
ずっとつけていたい一品!	永遠都想戴著它的一款
これでゴージャスに変身	就以這款來個豪華變身吧
個性溢れるキュートさ!	充滿個性的可愛設計
耳に絶対かわいい	戴在耳朵上絕對可愛
一番ブレイクするヘソピ	最受歡迎的肚臍環
おしゃれで今ドキな着こなしにマッチ	非常適合現今流行的打扮
男女ともに人気を呼んだもの	男女通吃的人氣商品
アンティークなデザインが注目度高い	古董式的設計相當引人注目

スポーツ風の定番ウォッチ	運動風的經典款式手錶
カジュアルにもきちんとした服にも合う	不僅適合休閒也適合正式裝扮
ボーイズスタイルにぴったり	非常適合男孩風裝扮
シルバーのベルトが大人っぽくてシック	銀錶鍊成熟又時髦
オレンジが元気な感じ	橘色帶給人精神飽滿的感覺
ちょうちょのイラストが超可愛い	彩繪蝴蝶超級可愛
太めのベルトが男っぽい	寬版錶帶很有男子氣概
シンプルな基本形	簡單的基本款
おだんごヘアに飾ってみて！	裝飾在丸子頭上看看吧
つけてみると、すごくかわいい	夾起來之後發現超級可愛
春 夏にピッタリ！	與春夏的感覺很搭
毛先につけるのが定番	夾在髮尾是最常見的夾法
黒い髪に映える	更能襯托出烏黑秀髮
星形ヘアスナップ	星形小髮夾
暑い夏で快適！	最適合酷熱的夏天了
髪の色と相性もいい！	和髮色很搭配
つけるだけで、華やかに！	只要夾著就可以變得很華麗

夏日戲水

スイートな雰囲気が漂う	充滿甜美氣氛
バミューダは夏の定番！	百慕達褲乃是夏日經典商品
キュートなバスケットにブルーがポイント	可愛的提籃露出的藍色是亮點
三色使いの水着がおしゃれ！	三色設計的泳衣相當時髦
フルーツのプリントが可愛さをプラス！	水果圖案讓整體更加可愛
人気の水玉が水着にも登場！	人氣圓點點也出現在泳衣上囉
みんなの視線をひとり占め	獨佔所有人的目光
かけると、海で一番目立つ！	在海邊戴起來一定是最耀眼的
夏に大活躍間違いなし	夏天絕對活躍的商品
軽い感触で快適！	清爽的質地擦起來很舒服
個性的なアクセントになるよ	個性化的重點飾品

家電、3C 製品

20%OFF!	八折優惠
お買得_{かいどく}！	價錢划算
値段_{ねだん}ダウン！	價格下降
売れ売れ_{う　う}！	暢銷品
今月_{こんげつ}のおすすめ商品_{しょうひん}！	本月推薦商品
人気_{にんき} No.1	人氣第一
カラフルなのにクールな印象_{いんしょう}	彩色外型卻給人很酷的印象
今_{いま}ならお得_{とく}！	現在買很划算
価格_{かかく}が手頃_{てごろ}！	價格實在
買_かわなきゃ損_{そん}！	不買可惜
シャッター押_おしたらすぐ見_みえる！	按下快門馬上看得見
ビジネスに欠_かかせない！	商業辦公不可少
激安_{げきやす}！	超級便宜
10% 割引_{わりびき}！	九折

消費電力 70% ダウン！	省電 70%
誰にも使いやすい	對任何人來說都很好操作
限定商品！	限定商品
おすすめ！	推薦品
新製品！	新製品
期間限定！	期間限定商品
千円で買えちゃう優秀アイテム	一千塊就買得到的優良商品
涼しい夏を暮らそう！	過個涼爽的夏天吧
壁に可愛く飾ろう！	把牆壁裝飾可愛點吧
毎日体重をコントロール！	天天控制體重
ゆるいウエーブをつける	做出平緩的卷度
熱がよく伝わります	導熱效果佳
マッサージ効果があり！	按摩效果十足
なりたいヘアスタイル、すぐできる	立刻創造出想要的髮型
スタイリングが長もち	髮型持久
髪のボリュームアップが出しやすい	輕輕鬆鬆增加髮量
小鼻からいやなものを吸い取る	從鼻翼吸取出惱人阻塞物

スチームで自然なスタイルを！	利用蒸汽創造自然的髮型
イメージを変えたい時におすすめ	想要改變印象時特別推薦
気軽にスタイリングできる	輕輕鬆鬆變換髮型
滑らかでツヤツヤのストレートに	夾出滑溜有光澤的直髮
今月の新品！	本月新品
永遠の人気 No.1	永遠的人氣 No.1
夏日限定！	夏日限定商品
人気上昇中！	人氣上升中
店長のおすすめ！	店長推薦
女性におすすめ！	特別推薦給女性朋友
評判！	好評發售

memo

O SHA RE

◆ 手繪日語時尚單字 ◆

OSHARE手繪日語時尚單字 / DT企劃著.
-- 初版. -- 臺北市：笛藤, 八方出版, 2020.08
面；　公分
ISBN 978-957-710-792-3(平裝)

1.日語 2.讀本

803.18　　　　　　　　　　109011559

2020年8月26日　初版第1刷　定價300元

著　　　者	DT企劃
總 編 輯	賴巧凌
編　　　輯	羅巧儀・葉雯婷・陳亭安
編 輯 協 力	本多有莉伽
插　　　畫	曾捷筠 等
封 面 設 計	王舒玗
內 頁 設 計	王舒玗
編 輯 企 畫	笛藤出版
發 行 所	八方出版股份有限公司
發 行 人	林建仲
地　　　址	台北市中山區長安東路二段171號3樓3室
電　　　話	(02)2777-3682
傳　　　真	(02)2777-3672
總 經 銷	聯合發行股份有限公司
地　　　址	新北市新店區寶橋路235巷6弄6號2樓
電　　　話	(02)2917-8022・(02)2917-8042
製 版 廠	造極彩色印刷製版股份有限公司
地　　　址	新北市中和區中山路二段380巷7號1樓
電　　　話	(02)2240-0333・(02)2248-3904
印 刷 廠	皇甫彩藝印刷股份有限公司
地　　　址	新北市中和區中正路988巷10號
電　　　話	(02) 3234-5871
郵 撥 帳 戶	八方出版股份有限公司
郵 撥 帳 號	19809050

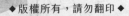